おいしい文藝

ちょっと、つまみ

河出書房新社

おいしい文藝

ちょこっと、つまみ

河出書房新社

ちょこっと、つまみ　もくじ

ちょこっと、つまみ

装幀・装画　野村浩

わが身辺に低廉の佳肴あり

檀一雄

酒のサカナという奴ほどうれしいものはない。これは、まったく、酒飲みにだけ与えられた天の恩恵のようなもので、飲む人は、飲まない人より、神の加護が多いなどと、まことに酒飲みの冥利《みょうり》に尽きるではないか。

酒のサカナは、あらゆる料理の粋のようなもので、下戸の不しあわせは、これらの粋を味わうことを、神様から見はなされているようなものだ。

粋を味わうのは、ほんとうの贅沢《ぜいたく》だが、ほんとうの贅沢は、必ずしも高価なものではない。不粋のものが、ただやたらに、鯛のツクリだの、伊勢エビの刺身だのと、わめくのである。

もちろんのこと、高価なものに、うまい酒のサカナも多い。フォアグラなどという奴は、小さな缶詰が一缶三千円を超えるかもしれないし、私など生まれて一、二度しか味わったことがないから、どの缶がうまいのか見当もつかず、パリから一缶千円ぐらいのを買って帰ってみたところ、ジャガイモを混ぜ合わせたようなさんたんたるフォア・グラであった。不粋きわまる話である。

フォア・グラといったら、「リラの門」という映画の中で、食料品店の店先から、缶詰をドンドン投げ落として、拾って逃げる、あれがフォア・グラだが、やっぱりパリの庶民だって、とてもフォア・グラなどには、そうそう手はとどくまい。レバー・ペーストでも舐《な》めて、フォア・グラなどという高価な粋は、敬遠するに限るのである。

だから、私たちの酒のサカナは、低廉の粋をきわめることにしたいものだ。

酒のサカナは、細君の喰べるケーキより、ちょっとばかり安いものを見つくろうことにしたら、お家断絶、身は切腹などということにならずにすむ。

さて、身のまわりをとくと研究して、日曜料理に、一週間分の酒のサカナを仕込んでみたらどうだろう。

まず、魚屋の店先を行ったり、来たり、一番安いものといったら、塩鮭の頭である。もしかすると二尾分の頭にアラまでついて三十円。ためらわず、その頭を買ってみよう。

その頭の軟骨（ヒズ）のあたりを薄く、輪切りにして、酢にひたせば、一瞬にして絶好の酒のサカナになることは、もう、一度書いたつもりだから、たいていの人は知っていよう。

それでもまだ鮭の頭は余る。そこで、水にひたした酒の粕をスリバチでよくすり、濃厚な粕汁にして、余りの鮭の頭と、大根の輪切りをいっしょに、トロトロ煮てゆけば、酒のサカナはもう一皿ふえる。それも喰べきれなかったら、翌朝、味噌を足し、粕汁を薄めて、野菜の類をなんでもぶち込み、三平汁にしてみたらどんなものだろう。

鮭の頭はもうこりたという向きには、そうだ、鱈《たら》の白子が安いではないか。百グラム三十五円を二百グラムきばる。

煮つけかチリにもおいしいかもしれないが、今日は酒のサカナらしく、少しばかり高級にゆこう。

二百グラムの白子をさっと水洗いしてドンブリに入れ、ニンニク、ショウガをおろしこんで、食塩をちょっと入れる。その上に、根深のネギを一、二本縦割りにしてならべ、もったいないような気もするが、お酒を少々ふりかける。さて、そのまま三、四十分蒸し器に入れて蒸しあげれば、真っ白に仕立て上がった極上の酒のサカナができ上がるだろう。

少しずつ、切っては皿に出し、あとを冷蔵庫に格納しておけば、三、四日分の酒のサカナには充分なる。しかしまあ、太っ腹のところを見せて、細君にもお裾分けとゆこう。一日でなくなったって、これは細君が補充してくれることは、請け合いだ。

もし、ウイスキーのサカナにしたいとならば、同じ鮭の白子でも少しばかり趣向を変える。ニンニク、ショウガはそのままだが、バターを足し、白葡《しろぶ》萄《どう》酒をふりかけてみるがよい。月桂樹の葉を半枚か、パセリの茎をでもほうりこんで蒸し上げたら、だいぶ趣が変わってくるだろう。

□

魚のほうはこのくらいにして、今度は鶏屋の店先をのぞき込んで見よう。

安いのはなんだ？　鶏の手羽先……。まったく、酒のサカナに申し分のないものがいちばん安いとは嬉しいではないか。百グラム三十円。そこでひと思いに、五百グラム仕入れて、一週間分の楽しみということにしよう。

ひとつ、今日は中華風にやってみるとして、大鍋にたっぷりと水を張る。ニンニク、ショウガを一塊ずつ、庖丁《ほうちょう》で押しつぶして、その水におとし、ニンジンのシッポや、ネギの青いところなどもいっしょにほうり込む。さて、五百グラムの手羽先をその鍋の中に入れ、水たきして三、四十分。手羽先だけを、そっとすくいあげて、そのままさます。

冷たくなった手羽先を、中華鍋かフライパンにラードを落として、狐色になるまでいためる。さて、好みによっては少しく砂糖、酒や醤油《しょうゆ》を入れて、今度は煮つめる。最後にペパーだの、粉山椒だのふりかけて、仕上げにゴマ油を少々ふりかけてみよう。

すてきな酒のサカナができ上がったではないか。おまけに大鍋のスープは、そのまま、塩や醤油で味をつけて、ラーメンやネギ卵のスープにもってこいである。

手羽先もまたウイスキーのサカナに仕立て上げることは、至極やさしい。まず、手羽先に塩コショウをして、ピッタリ蓋のできる鍋に入れる。ニンニクを一片二片、叩きつぶしてほうり込み、ネギやニンジンのシッポも入れる。さて、葡萄酒少々、バターを少々、水を手羽先の半分ぐらい入れて、もしあれば香料の月桂樹の葉一枚、パセリの茎二、三本、クローブ一本、エストラゴンの葉少々。ぴったり蓋をして、水のひいてしまう寸前まで煮つめれば、それででき上がりということになる。とろけるような、酒のサカナになること請け合いだ。

手羽先の料理に馴れたら、今度は鶏のモツとゆこう。

砂ギモや、肝臓や、小さい卵の混じり合った鶏のモツは、百グラム三十五円、これも五百グラム買ってきて、一週間の間、楽しむことにする。鶏のモツを買ってきたら、少しく手を入れて、砂ギモ（胃袋）のまわりにくっついているアブラくらい、取りのぞくことにしたいものだ。

さて、グラグラ煮たった熱湯の中に塩を一にぎり落とし、鶏のモツをほうり込む。

五分か十分さっと煮るのは、臭気を少なくするためだ。

　ひとゆがきした鶏のモツを、笊《ざる》にでもあけて、もう一度よく洗い、今度は、ニンニク、ショウガ、ネギなどを加えて、酒、醤油でしっとり煮込む。

五香とか、八角粒とか、ウイキョウとか、山椒とか入れたほうがモツの臭気消しによろしいにきまっているけれども、なに、仕上げにゴマ油をたらしただけでもけっこうだ。モツをすくい上げて、ゴマ油でいためるのも、けっこうだ。

私はといえば、煮上げたモツを卓上天火の中で、ザラメとお茶で、いぶし上げる。

　この燻製の鶏モツや、腹卵を、薄く輪切りにして皿に盛り合わせると、黄身だけの腹の卵がまるで黄金のように輝いて、まったく申し分のない豪華な酒のサカナに変わるのである。

おつまみ（アーティショーその他）

伊丹十三

カクテルについて書いたついでに、おつまみについて知るところを述べる。といっても、わたくしは別に料理に趣味を持つわけではないから、自分では至極簡単なものしか作らないことになっている。

たとえばピーマンをミジン切りにして鰹節《かつおぶし》と混ぜ、お醤油《しょうゆ》をかけて食べる、といった工合のものである。シラスボシなんか入れてもよい。この手のもので、生玉子を二つばかり割り、鰹節と海苔《のり》を山ほどかけてお醤油をたらし、かきまわして食べる、というのもある。山芋があれば拍子木に切って同じようにして食べる。

もっと簡単なのは、紙のように薄く切った玉葱《たまねぎ》、あるいは拍子木に切った人参《にんじん》を塩で食べるのである。ウイスキーと調和する。

また、わたくしには仏蘭西《フランス》料理だってできるのだよ、その気になれば。

アーティショーというものがある。英語でいうとアーティチョークである。一見、緑色をした巨大な百合根《ゆりね》の如《ごと》きものであって、その、松傘風に重なった、鱗《うろこ》状の葉っぱの一つ一つは、肉の厚さや、先が針のようになっているところなど竜舌蘭《りゅうぜつらん》の葉に似ている。

日本では五月から六月が季節であって、東京なら八百屋に頼んでおけば、どこから か取り寄せてくれる。はしりの頃は高くて、一箇二百五十円くらいもするが、六月の終りには、五十円か、もっと安くなることもある。

これを二十分ばかり茹《ゆ》で、次に冷蔵庫に入れて冷やすのである。これで調理は終り。小皿にオリーヴ油を入れて、これにレモンを少々絞り、ブラック・ペパーをたっぷり、塩を少量振りかけてドレッシングを作る。

食べ方、などといっても格別のことはない。アーティショーの葉っぱを、外側から順に一枚ずつむしってはドレッシングにつけて食べるのである。

ただし食べるといっても、葉っぱの一番根元のところに少量の柔らかい肉があるだけだから、葉っぱの真中あたりを歯でくわえ、葉っぱの先端をつまんでしごくように引き抜くのである。

こうして何十枚もの葉っぱを順番に食べてゆくと、内側になるに従って、葉っぱはだんだん柔らかくなり、ついには殆《ほとん》どそのまま食べられるようになる。

　さて葉っぱを全部むしってしまうと、お皿の形をした芯《しん》が残る。芯には細かい毛が密生しているが、これはつまんで引っ張れば一団となって簡単にはがれるから、むしり取って捨てる。この芯がまたうまいね。しかもこの芯に至るまでの行程が、どんなに急いでも十分や二十分はかかるから、こんな愉しい食べ物はまたとあるまい。わたくしは、マドリッドでアパートを借りてから毎日二つか三つずつ食べ続け、多い時には一日七つも食べたのである。

　どんな味がするかっていうと、そうですねえ、一等近いものはそら豆じゃないかな。

　さて、最後にエスカルゴについて書く。エスカルゴはカタツムリであって、自分で調理するにはかんづめを買う以外にない。日本で、十八箇入り千百円、とかいうのを見たような記憶がある。

　ただ、かんづめの欠点はエスカルゴの身だけしかはいっていないことである。エスカルゴは、本来ならカタツムリの殻、代用品として、卵の殻を水平に切った形の容器があって、それに身を詰めて作ることになっているのです。

　そして、左手で「エスカルゴの殻つまみ器」（女の人が睫毛《まつげ》を反らすのに使う器械に似ている）を使って殻を摑《つか》み、小さなフォークで身を引っ張り出して食べるのです。

　しかし、感じが出ないのを諦《あきら》めれば、そんなものはなくても一向に差支えはない。

まずエスカルゴを皿の上に並べ、身の上に、パセリのミジン切り、おろしたにんにく、バター、を少しずつ乗せ、塩を少し振ってオーヴンに入れ、バターが沸騰《ふっとう》してきた途端にオーヴンから出し、バターがジュクジュクいっている間に食べる。

本当は葡萄酒《ぶどうしゅ》がはいるとかなんとか、こんなに簡単な筈《はず》はない。でも、わたくしはいつもこうやっているし、それでも実においしいということに間違いはなかったのです。

三分おつまみ帳

牧野伊三夫

酒場へ向かうとき、いつもより足どりが早くなっているとよく人から笑われる。人気の酒場へ行くときなどは席が埋まったら大変だと駆け出したりすることもある。酒呑みは、みっともないほどせっかちなのである。さて、酒場に到着すると最初の一杯目をビールにするか、レモンハイにするか、あるいは、燗酒からはじめようか、と少しまじめな顔つきで思案しながらも一刻も早く飲みはじめたいと思う。以前、大阪の酒場で一緒に行った地元の染色工場の社長が席に着くなり店の人に向かって手をあげて「とりビー」と叫んだので、何の酒かとたずねると「とりあえずビール」という意味だった。せわしないことだが、僕なども、家で湯あがりに冷蔵庫からビールをとり出したあとは、ピーナツでも、えびせんでも、つまみは何でもいいから、まずは一杯飲みたいと思う。以下、そのようなせっかちな「酒吞み」のためのおつまみ。いずれも安酒場でおぼえたものばかり。酒を飲みはじめるのに、大した肴はなくていいのだ。

チーズクラッカー

プロセスチーズとクラッカーを皿にのせる。プロセスチーズに、ちょっと塩をつけて食べるとさらにうまい。

サラミソーセージとチーズ

サラミときゅうりを斜め薄切りにして、切ったチーズと一緒に皿に盛る。クラッカーを添え、好みで塩をふる。サラミのかわりにハムやコンビーフもいい。

チーズ海苔巻

切ったチーズに海苔を巻いて皿に並べる。

冷奴

冷奴を切って、葱《ねぎ》、生姜、かつお節の薬味をのせる。またガラスの器に氷水をはって豆腐を切り入れ、薬味と醬油《しょうゆ》を入れた小皿にとって食べるのもいい。

しらすたらこおろし

たらこを輪切りにして、しらすと大根おろしと一緒に皿に盛る。大根は、三角の山の歯がついた竹製の「鬼おろし」でおろすと、しゃりしゃりした歯ごたえが残っていい。たらこは表面にうっすら焼き色がつく程度の「ちょい焼き」にしたのもいい。

冷やしトマト

トマトのへたを包丁の先で三角錐《すい》状に切りとり、二〇秒ばかり熱湯にくぐらせて皮をむく。へたを切りとったところにフォークを刺して、やかんの湯をかけて皮をむくという荒技もある。切り分けて塩をふって食べる。

ソーセージ缶の直火焼

ソーセージ缶の蓋を開け、そのまま火にかけてゆでる。からし醤油でいただく。

玉ねぎの酢づけ

厚めのくし切りにした玉ねぎに塩と酢をしてしばらく置く。小皿に四、五片のせるのがちょうどよい。

きゅうりの酢づけ

薄切りにしたきゅうりを軽く塩でもみ、酢、おろし生姜であえる。

こうしたものは、わざわざ記すほどのものではないと思われるが、酒呑みにとってはありがたい一皿である。以下、もうひと手間かけた一皿。

ねりもの天国

薄切りにした竹輪、魚肉ソーセージなどのねりものをサラダ油をひいたフライパンに並べて弱火で焼く。表面をこんがり焼いてカリッとさせるのがコツ。キャベツの千切りと一緒に皿に盛る。パセリなど添えるともう少し雰囲気がよくなる。おろし生姜醤油やマヨネーズやケチャップなどをつけて食べる。我が家では、これを「ねりもの天国」と呼んでいる。

はんぺん焼き

はんぺんの表面にハケでサラダ油をぬって網で焼く。ハケが無ければ匙でもかまわない。わさび醤油が合う。焼きあがったところにバターをぬるのもいい。

しめサバ

わさび醤油や生姜醤油で食べるのもよいけれど、きゅうりの細切り、三つ葉を添え、和からしと醤油で食べると、とてもおいしい。

アボカドと海老

ゆでた海老のブツ切りとアボカドの八ツ切りをオリーブ油、レモン汁、コショウ、塩であえる。

ツナとトマト

油をよく切った缶詰のツナをボウルに入れ、玉ねぎとパセリのみじん切り、トマトの小さな角切り、レモンピール（皮をナイフで薄くそぎ、白い綿の部分をそぎ除いたもの）の細切り、オリーブ油、塩、コショウ、レモン汁であえる。皿に盛るとき、かいわれやサラダ菜などを添えると、少し立派に見える。

じゃこ天もやし炒め

フライパンにごま油とサラダ油を合わせてひき、細切りのじゃこ天、もやしの順でさっと妙める。味つけは塩、おろし生姜、醤油。生姜は生のもの、もやしは細い方がうまい。

さつまいもバター

フライパンをごく弱火にかけてバターをひき薄切りのさつまいもを並べて焼く。片面がこんがり焼けたら一枚ずつひっくり返して、両面焼く。

ブルーチーズとハチミツ

酒屋であれこれ迷った末に買ったワインの栓を抜くときのうれしさといったらない。以前甲府の人たちが庭先に集って出来上がったばかりのワインを一升瓶から湯呑み茶碗に注いで飲むのを見て、その様子があまりにもうまそうだったので、よくその真似をして飲む。なんとなくワインと呼ばずに、葡萄《ぶどう》酒といった方が味が濃くてうまそうだなとも思う。葡萄酒を飲むには、わざわざ手の込んだ料理を用意しなくとも、ピーナッツやオリーブの実、フランスパンとハムやチーズなどがあれば十分だ。フランスパンには、レバーペーストやクリームチーズもいいが、ブルーチーズとハチミツをのせて食べるのもなかなかうまい。

スモークサーモンとクリームチーズ

白ワインやシェリーに合う。スモークサーモンを薄切りにして皿に並べ、オリーブ油、レモン汁を絞りかけ、黒コショウをふる。好みで、塩、玉ねぎのスライス、クリームチーズ、あればケッパーと湯むきしたトマトの薄切りを一緒に盛って、少しずつパンにのせながら食べる。パンはライ麦パンがいい。

洋梨とカマンベールチーズ

ワインのおつまみ。洋梨にカマンベールチーズを小さく切ったものをのせて皿に盛る。ハムやステーキなどの肉類やチーズ。りんごや干し葡萄、オレンジやイチジクなどの果実。それにハチミツ。これら三つのカテゴリーを自由に組み合わせると楽しい。

ポテト・フライ

池波正太郎

ビールの季節になった。

仕事が一段落して、まだほの明るい空をながめながら夕飯の膳に向うのは、私のような居職のものにとって、何よりのたのしみである。

私にとってビールの肴には、ポテト・フライが、もっとも好ましい。フライド・ポテトではない「ポテト・フライ」である。

東京の下町に育った私にとってこの食物ほど郷愁のごときものをさそうものはない。

ごみごみした下町の肉屋が兼業している、いわゆる「お惣菜屋」で売る板のごときカツ（カツレツではない）、一個二銭のコロッケなどにまじり、ポテト・フライの存在も、かなり大きな位置をしめる。

シューマイほどの大きさに切ったジャガイモにパン粉をつけて狐色に揚げたやつを、私は食事のときにでなくても買ってきては食べた。

菓子屋で五銭のキャラメルを買うくらいなら、ポテト・フライをそれだけ買い、辛いソースをたっぷりかけ、生キャベツをそえてかぶりつくのが、まったく好きだった。

遊び友だちは、

「あいつはポテト・フライばかり食っているから……」

というので「ポテ正」というニック・ネームをつけてくれた。

旅へ出て、ホテルへ泊ったときでも、レストランでも、ビールをのむときに、私はこれを注文する。

こういう食堂では、メニューに「フライド・ポテト」とある。

拍子木に切って丹念にふかしあげたジャガイモを上質の油でカラ揚げにし、皿にもってパセリなどをそえ塩をふって出される。むろんパン粉はつけずに揚げてくるのだ。うまいことはうまいが、とてもとても我家の「ポテト・フライ」には及ばぬ。

我家のは、親指の先ほどに小さく、ころころに切ったジャガイモにたっぷりパン粉をつけて揚げ、むかし通りに生キャベツにウスターソースをたっぷりかけて食べる。

食べると三十余年前の自分に返った気持がする。

もう一つある。

これも子供のころに、よく母がこしらえてくれたものだが、ナスのフライである。

ジャガイモがナスに変るだけの違いだが、これが生ビールにはよろしい。

うす身に切ったナスを揚げ、この上に、やわらかいキャベツをみじん切りにしたものをトマト・ケチャップで和えたものをたっぷりのせて食べる。

ついに五日ほど前、少年のころの友達が二十五年ぶりで訪ねて来た。

現在は洋服職人をしているこの友にビールを出し〔ポテト・フライ〕を出したら、

「へへえ……」

私を見上げて、その友達はにやりと笑った。

そして、

「ポテ正だねえ、こいつは……」

と、いった。

燗酒と自分で作る小さな酒の肴

川本三郎

燗酒のおいしい季節になった。

夜、ひと仕事が終わって、ひとりで酒を飲む。以前はビールが多かったが、年齢を取るとビールは胃に刺激が強すぎて、飲むことが少なくなった。かわって近年、いよいよ好きになっているのが、日本酒の燗。ビールよりずっと胃にやさしい。

いつの頃か、日本酒をワインのように冷やで飲むことがはやり出した。名酒を揃えた〝こだわりの亭主〟が、冷やで飲むことをすすめる。燗酒を頼むと軽蔑した顔をする。

仕方がないので、もう年齢なので冷たいのは苦手なんですといって許してもらう。

しかし、少なくとも私のまわりの酒好きはワインじゃあるまいし、酒を冷やで飲むとは何事だと怒っている。信頼できるある造り酒屋の主人も酒は燗に限るといっている。小津安二郎監督の『浮草』（59年）では、中村鴈治郎演じる旅芝居の座長が、真夏だというのに燗酒をうまそうに飲んでいる。

　時代遅れといわれようが、無粋だといわれようが日本酒は燗だといいたい。ただ問題は、燗をするのが難しい。銚子に温度計を入れて燗をする人がいるが、そこまではしたくない。幸田露伴は娘の文《あや》に燗をさせる時、浮き燗といって、銚子の底を鍋につけずに湯のなかに浮かすよう言い付けたというが、これもなにもそこまでと思う。

　せっかくの楽しい酒が難行苦行になってしまう。だから燗はいつも適当。これでいいと思った時がいちばんうまい酒と思うようにしている。

　ただ、ひとつ心がけているのは、湯のなかに盃を入れてあたためておくこと。以前、なんでもない町の蕎麦屋で燗酒を頼んだら主人がさりげなくそうした。なるほどと思い真似するようになった。

　酒の肴はどうするか。

　和食派だから、当然、塩辛、酒盗、雲丹《うに》といったものになる。なにもない時は漬物でいい。海苔もいいし、昆布もいい。小女子《こうなご》の佃煮も燗酒に合う。最近、気に入っているのはぬた。自分で作れるようになった。ある居酒屋にあったあさりのぬたがおいしかったので真似して作る。無論、プロが作るものに比べたら冴えないが、自分で作ったという喜びがある。

簡単な肴で好きなのは油揚げをあぶったもの。実にカンタン。油揚げを何枚かに切ってあぶる。それにかつぶしを乗せ、醬油《しょうゆ》をかける。生姜《しょうが》や葱《ねぎ》を刻んだものを乗せてもいい。ただ注意していないとすぐこげる。

酒の肴はビールやワインより日本酒のほうが品数は豊富な気がする。刺身はビールやワインで食べてもおいしいとは思わない。やはり刺身には燗酒。燗酒を飲みたいためにスーパーで刺身を買う時がある。酒が魚の味を引き立てるだけではなく、魚が酒の味を引き立てる。

肴の定番はやはり湯豆腐だろうか。

真夏でも湯豆腐を作る。豆腐だけの時もあるし、鶏肉やたらを入れることもある。先立って、前の日の残りの刺身を入れたら結構おいしかった。

以前、下町の心地よい居酒屋に入って、壁に張られた品書きを見ていたら「湯豆腐」の隣りに「あったかい豆腐」とある。

どう違うのか。ためしに頼んだら、皿の上に豆腐が一丁の半分ほどあった。葱とかつぶしがかかっている。醬油をたらして食べる。うまい。

おかみさんに「湯豆腐とどう違うのか」と聞くと、気のいいおかみさんは笑って答えた。「よく聞かれるのよね。ただ豆腐を電子レンジでチンしただけ」。

参った。他の店で見たことがないから、おかみさんの創作手抜き料理か。うまかったのでそのあと、時折りこの「あったかい豆腐」を作るようになった。

近所に、御夫婦で開いている小さないい居酒屋がある。「あったかい豆腐」の話をしたらおかみさんは「さすがにそれでお金はとれないわよ」と笑った。

この近所の居酒屋は突き出しにまず小さな冷ややっこが出る。これがおいしい。一年中、変らない。御夫婦とも豆腐好きなのだろう。さらにおいしいのは「煮やっこ」。豆腐を卵でとじて小鍋でさっと煮立てたもの。池波正太郎さん風にいえば「小鍋だて」。この店に行くと、必ずこれを燗酒の肴にもらう。

これだけおいしい燗酒と肴の組合せがあるのだが、大きな欠点がある。燗酒は一人で飲んでもおいしくない。「差しつ差されつ」という言葉があるように、燗酒は家内と二人で飲んでいたからこそおいしかった。

二人の時は、おでんやカキ鍋も肴にした。一人になってしまったいま、あぶった油揚げや「あったかい豆腐」で燗酒を飲む。やはり寂しい。

ちょっと一杯

山田風太郎

いったい僕は酒の肴にうるさい方なのか、うるさくない方なのか、じぶんでもわからない。で、女房にきいてみると、ちょっと思案して、

「そうねえ、あまりうるさくない方じゃないかしら」

と、いった。公平なところ、まあ、そんなところだろう。

こないだ、ふと指折り数え、結婚してから十五年ちかくになると知り、

「おまえ、ずいぶん、ウチに長くいるなあ」

と、感嘆して言った。——で、十五年ばかり前、お嫁にもらうと同時に何をやったかというと、ただちにクッキングスクールに放りこんだ。十五年前だから、クッキングスクールなどというものが、まだいまほど流行していないころのことだ。ともかく、

それくらいコトの重大性を承知しているのだから、腹に入るものなら何でもいい、というような男では、僕は決してない。

それから、町にいっしょに出るとき、機会があれば、なるべくうまいもの屋につれて入る。女房の舌を馴《な》らすにはそれにかぎるという通説に従ってである。

最近、その説はあやしい。女というものは、じぶんが料理せず、あとかたづけしなくてもいいものなら、何でもウマがるのではないか、という異説を読んで、なるほどそうかも知れん、と思いあたるふしがないでもないが、しかし何か食わせると、それに似た味のものは大体じぶんで作るようだ。

十五年前のクッキングスクールは、何か役に立ったかときくと、当人はくびをかしげる。とにかくあなたの好みは、そんなところで教えてくれるものとはちがうから、という。こちらは苦笑しないわけにはゆかないが、しかしそれはそれでむだとはいえなかったのじゃないかと思う。若いころ、ともかくそういうところにいったということは、料理に無形の自信を持たせるだろうからで、そのころから僕はその程度の期待しか持っていなかった。

さて、料理屋につれてゆくと、あとで似たようなものを作るから、これもやはりむだではない。料理屋といっても、飲むものがたいてい日本酒だから、肴の関係上、どうしても日本料理屋となる。それも僕は、何が出てくるか、出されてくるものにお目にかかるまではわからない、いわゆる高級割烹店のたぐいは御免を蒙りたい。その日によって、こっちの食べたいものがちがうからだ。で、メニューによって選択できる腰かけ式の店の方がいい。例えば銀座ならはち巻岡田とか浜作とか、新宿なら大黒屋とか。――そういうところで、じぶんの食いたいもの四、五種類をえらんで、それで酒を飲み、飯を食う。

　その酒の肴が、いわゆる酒のみのすきそうな、例えばシオカラとかカラスミとかのたぐいではない。肉類、魚類、蟹、うなぎなど、酒のみでない人もウマがるあたりまえのもので、女房が、僕の酒の肴はうるさい方ではないといったのは、このあたりのことをいうのだろうと思う。シオカラのたぐいは、あれは酒の肴よりも飯を食うときのおかずにした方がいい。

　で、腰かけ式の店だから、傍で酌をしてくれるのも女房ということになる。――そんなことを十五年もくり返しているうちに、だんだん異変が生じて来た。どうやら、あちらの方が酒が好きに、かつ強くなって来たあんばいなのである。

　女のひとに、酒を飲む男はきらいか、ときくと十人のうち十人まで、或る程度なら飲む男の方がいいという。女のひとは、酒乱は論外として、全然飲めない男は、気疲れがするようで敬遠するらしい。

　同様に女のひとも、或る程度飲めたほうがよろしい。そして女のひとは、十人のうち十人まで、調教によっては或る程度飲めるようになるのではないか。男の中には、いかにシゴいてやっても、どうしても受けつけない素質の悪いのが案外たくさんいるものだけれど。

——で、うちのかみさんも、飲めるようになった。こういう店にいったときなど、その方がこっちにも好都合である。パクパク食べて、あと手持無沙汰にしていられたのではこっちがおちつけない。が、亭主よりも強くなられては——。

「そんなことはない」と、当人はいう。

が、家で亭主が黙々と手酌でやっているときに、料理をもってくるついでに、

「ちょっと一杯だけ」

といって、ビールを一杯キューッと飲む。酒を盃に二、三杯、サッサッと飲む。そして忙しそうに立ってゆく。

そんな飲み方は、なんのために飲むのか、こっちには見当もつかん。が、飲むときはほんとうにウマそうである。

「ウマいか」ときくと、

「ほんとにおいしい」

という。

こっちは何十年も、ときには医者から禁酒を命じられても、一夜もかかさず飲んで

いる。そのくせ、正直なところ、それほどウマいと思って飲んでいるわけではないのだから、シャクにさわるではないか。

目下のところ、その程度である。

しかし、いまは亭主に少々遠慮もしているのだろうし、子供の世話もあるのでその程度にとどまっているけれど、あの「ちょっと一杯」といって飲む手つきを見ていると、亭主が死んだあと、さらに何十年かのちのことが思いやられる。

「酒のみ婆さんになって、毎晩チビリチビリとやりながら、嫁イビリするのだけがタノシミな婆さんになるのじゃないか」といったら、「まさか」と笑ったけれど、僕の見込みでは、充分その可能性がありそうだ。

思い出し肴

阿川佐和子

幼い頃から酒の肴が好きだった。いくらや瓶詰めの練《ね》りウニ、このわたなどを見ると狂喜する私を見て、大人たちは異口同音に呟《つぶや》いた。

「この子は相当な飲み助になるよ」

別にお酒をがぶ飲みしているわけでもないのに、なぜ大人は皆、私のことをそんなふうに言うのだろう。お酒に合う肴は、同時に白いご飯にもよく合う。日本酒はお米から作られているのだから当然のことだろう。私は単に、ご飯に合うおかずが好きなだけだ。それがたまたま酒の肴なんだもんと、心の中で叫んだ。

しかしまあ、洋菓子のなかでいちばん好きだったのはサバランだし、チョコレートの詰め合わせをいただくと、どれにしようかと迷った末、最終的には洋酒の流れ出るチョコレートを嬉々《きき》として選んでいたことを思うと、やはり幼少のみぎりよりお酒が嫌いではなかったようだ。

　酒の肴が好きなせいかどうかはわからないが、家でお酒に合うおつまみを作るのは好きだった。来客が多かったせいもある。母は年中、食前に供する酒の肴を作るのに四苦八苦していた。キュウリを二センチほどの長さに切って、上にクリームチーズや練りウニを乗せて大皿に並べる。その手のおつまみは子どもでも作れるのでよく手伝った覚えがある。母は私の隣で鶏のレバーにベーコンを巻いて一つずつ爪楊枝でとめていた。それを鉄板に並べ、オーブンに入れる。ベーコンの油が溶けてレバーに染《し》み込む。その香りが部屋中に広がる頃、ああ、今日はお客様がいらっしゃるのだとワクワクしたものだ。

　母が作るお酒のおつまみで、もう一つ印象に残っているのは、ゆで玉子の前菜だ。やや堅めの半熟玉子（白身は固まっていて、黄身の部分が少し柔らかい程度）をたくさん作り、殻をむいて半分に切る。そういえばあの頃は、ゆで玉子を切るときに糸を使ったものである。三、四十センチほどの長さの木綿糸を用意して、片方の端を口にくわえ、ピンとのばして、殻をむいた玉子の真ん中あたりに当てる。糸を玉子に巻き付けて、一周したところでそっと絞る。糸が包丁のかわりになって、玉子を切断してくれるのだ。包丁で切ると黄身と白身が崩れてしまう恐れがあるけれど、この方法だとそういう失敗が少ない。もちろん、一気にやらないと切断面がきれいにならないし、角度を見誤れば玉子が斜めに切れてしまう。でも、うまくいったときは何とも言えずうれしい。こういうことが楽しくて、台所仕事を手伝っていたようなものかもしれない。半分に切れたら、さらに底の丸くなっている部分を、今度は白身だけなので小さいナイフで少しだけ切り落とす。お皿に並べるとき倒れないようにするためだ。

行儀良く並んだ玉子の上に、母は白いソースをかけてお客様に供した。私は長らくそれをホワイトソースだと思い込んでいたのだが、このたび念のため母に訊ねたところ、生クリームで作ったソースだったことが判明した。

当時、母が愛読していた料理本の一冊に、中央公論社から出版された「ヨーロッパの家庭料理」シリーズというのがあった。そのなかの「イタリア版・温かいオードブル」に載っていた一品だという。

みじん切りにしたタマネギをキャセロールに入れて炒《いた》め、そこへ白ワイン、生クリーム、溶かしたバター、マスタード、塩胡椒《こしょう》を加えて味を調え、小さな器に二つずつ並べた玉子の上からかけて、上にみじん切りのパセリを散らす。

「あら、私、こんな凝ったもの、作ってたかしら」

もはやめったに参考にすることのなくなった古い料理本を引っ張り出し、母が電話口で作り方を読み上げてくれた。私も驚いた。

「でも母さんはたしか、玉子を小鉢に入れたりしないで、大皿にいっぱい並べて、上からドロンとソースをかけていたような気がするけど」

「あんた、よく覚えているわね。そんなことしてた、私？　ぜんぜん覚えてない」

料理本を見て作るうち、少しずつ自己流に変えていくところも、ときが過ぎるとあれほど頻繁に作っていた料理のことを忘れてしまうところも、母譲りの性格だったのか。

私にも同じような体験がある。いっとき凝って作り続けた小さな一品なのに、記憶からすっかり抜け落ちてしまうのだ。

「あなたが前にエッセイに書いていた『ダイコンと昆布の油炒め』の作り方、詳しく教えてくれない？」

あるとき知り合いのご婦人から問われ、はてそんなことを書いたかしらと首を傾《かし》げた。書いたことも作ったことも思い出せない。

「えー、なんでしたっけ？」

逆に質問し、結局、教えて差し上げることができなかった。そしてしばらくのち、突然、思い出した。

「ああ、あれのことか」

熱い鉄鍋《なべ》に油を敷き、小さくちぎった出し昆布をいくつか散らす。昆布の味が油に染み込んだ頃を見計らい、二、三センチの厚さに輪切りしたダイコンを鍋いっぱいに並べ、弱火でコトコト、時間をかけてじっくり両面を焼く。味付けは塩のみ。

たったそれだけの単純な料理なのに、ダイコンのおいしさがしみじみと口の中で広がる、うれしくなる一品だ。と、そんな偉そうなことを書いておきながら、作らなくなったら忘れていた。

思い出したから、今度、作ってみよう。ついでに玉子のオードブルも試したくなった。

久保万先生と酒肴

福田蘭童

十月八日、魚釣りから帰って、テレビのスウィッチをひねると突然、久保田万太郎先生のお顔が大写しとなって現れた。タイトルに「文化勲章内定」とある。

早速、久保田先生の仕事場へ電話してみると、行きつけの日本橋の小料理屋へ行っていると女中さんがいう。

その料理屋は三越の近くにあって、そこの主人は役者の猿之《えんの》助《すけ》さんによく似ている。久保田先生のお伴をして行くとニコヤカに迎えてくれ、我々の好きなものを知っていて黙っていても出してくれる。

たぶん久保田先生は里芋か玉子焼きをオカズにして気《き》焔《えん》をあげていられるだろうと思って其《そ》処《こ》へ電話すると、十分ほど前に銀座のバーへ行ったという。

その時刻は夜の十一時ごろであった。

バーというのは、こんど移転した「お染」であることが直《す》ぐに読め、追っかけて行こうとしたが、あまりに晩《おそ》いので止めにした。

翌日朝、自分で釣った甘鯛を三本ぶらさげて久保田先生を訪ねた。すでに新聞やラジオ、あるいはテレビ・ニュースで先生の受章を知った家の子郎党たちが十畳の間せましと詰めかけていた。

「お目出とう」

と私がいうと
「何いってやがんだい」

と久保田先生は答える。相当ご機嫌である。そして私に盃を渡し
「ちょっと早すぎると思うんだがね、受章は……」

と照れながら酒を注《さ》してくれた。

「いや、早すぎませんよ、まわるべきものが廻ったんですよ」

というと私の隣に居た阿木翁助さんが、

「よもやオヤジが文化勲章を貰うとは思わなかった。競馬ならさしずめ中穴というところだろうな」

と皮肉った。

「いや、本命ではなかったかも知れんが、対抗馬ぐらいだったと思うな。ところで文化勲章には位がつくんかな？」

と訊くと

「従四位だろうよ。そのうち正一位稲荷大明神に昇格するさ」

すると久保田先生は

「小泉信三さんが貰う番だったろうになあ」

と謙遜される。小泉先生は慶應義塾での先輩だからであろう。

「それでは今度の文化勲章は法務省からくれたのかも知れないな」

酔った勢で私がそういうと一同がワッハッハと笑いこけた。

久保田先生は法務省にも椅子があり肩書付の名刺を持っていて、時折私達に示して茶目気を見せているからである。私は肩書入りの同じ名刺を三枚貰っているほどである。

こんな風で、久保田傘下に集る人達はズケズケものをいうくせがある。食べ物だってくせがある。第一、久保田親分の食べものも変っている。酒好きだというのにコノワタ、スズコ、カズノコなどは食べずに玉子焼と里芋とクワイを好んで酒のオカズにするし、甘い〝切り山椒〟という菓子ででも飲まれるのだからビックリする。

魚はタイ、ヒラメのサシミか、鍋ものにしたのしか食べぬ。洋食はライスカレーにポタージュのスープとコキールがお好きである。

それはそれとして、その日のお膳の上には「弁松」から差入れられた弁当食があって、大皿の上に玉子焼、ゴボウ、カマボコなどが奇麗に盛られていた。

それをオカズにして私たちは祝盃をあげ、かつ気焔をあげていると、ツクダ煮の「鮒佐」の主人がお祝にやってきた。

そして弁当を見るなり、

「弁松の弁当にタコが入ってないのはオカしいよ。タコを煮たやつは美味いし、弁松の名物じゃないか。それを入れてこないなんて……」

とムキになって説明すると、飲み疲れや応対疲れで横になっておられた久保田先生はムックと起きあがり
「何いってやんだい。俺ァタコなんか大嫌いだよ。タコなんか……」

真紅な顔でそういった——。

父

高橋みどり

いま思えば、父はそうとうののんべえだったのだと思う。毎日の晩しゃくはかかさず。帰宅し風呂をあび、家族が席につくまえには、晩ごはんをつくる母の背中を相手にはじめる。母もこころえたもので、晩ごはんをつくりながら手早く肴を何品かこさえる。それは、わたしたち子どもの口には入らないものもある。たとえば父の好物のすき焼きが小鍋に、そして昼間に焼いておいたくさやの干物や、たくわんの古漬けの千切りにおろし生姜をあえたもの……など5〜6品はある。

晩ごはんのお膳の用意は私の役割。お茶碗などならべながら、横目で今晩の父の肴を盗み見る。冬ならば、ときにはお酒の燗をつけて、と父から注文が入る。ストーブの上にのったお湯をはった鍋に、日本酒の入ったガラスの燗つけをいれる。ころあいをみはからって、「気をつけろよ」と声をかけられながら緊張したおももちでそれを父のまえにおく。「おっ、ちょうどいいなあ」なんてほめられると、みょうにうれしかったものだ。父は熱燗が好きだった。

日曜日は昼間から、夏ならビール、冬ならウイスキーのお湯わりをチビリとやっていた。夕方になると、「たまには銭湯へ行こう」といっしょにつれだされる。なんの疑問もなく父とともに男湯に入り、気がつけばなぜか、のみ屋のカウンターで父のすわっている横に立ち、鼻もとをくすぐるモツ煮を「いいにおいだなあ」なんてかいでいる。そして家に帰ると、そんなことなにもなかったようにいつもの晩ごはんがはじまるのだ。これは暗黙のうちに「お母さんには内緒」なことだった。この秘めごとがたぶん、私の酒のみごころのルーツになっている気がする。

そういえば、父といっしょにのみにいったことなど一度もなかったなと思う。まあ、父親と息子ならそんな図もありなんだろうけれど、なんだかそんなのてれくさくてできなかったし、父も私がここまでのめる娘だとは思ってもみなかっただろうから、さしてのんだ日にはさぞや驚いたことだろう。だけど私の好きなのみ屋といったら、その昔の記憶の中にあるカウンターだけのちっぽけな、あたたかみのある店ばかり。ちょっとキュンとした気持ちになりそうなぐらいのわびた店が好きだ。人にいわせれば、かなりの親父のみらしい。

「あおやぎとわけぎのぬた、それと熱燗ね」。たのんでから思わず苦笑いする。好みは父とよく似ている。

東京の下町、居酒屋はしご酒（抄）

島田雅彦

知らない街でふらっと昼飲み

仕事が早めに終わってとりあえずその日はやることがない時、あえて**逆方向の電車に乗ってみる。**あるいは、用事があって出かけた帰り、その途中の**まだ降りたことのない駅で降りてみる。**

だいたい午後四時ぐらい、八百屋も魚屋も夕食の買い物客で賑《にぎ》わいがある時間帯。商店街をフラフラ歩いていると、すでに営業している居酒屋が何軒かある。初めて降りる駅は勝手もつかめませんが、流行《はや》ってそうな店に飛び込みで入る。常連が多いでしょうから、一瞬見慣れない客を振り返って見たりする。

多少、礼儀正しい素振りをして座る。これはどこでもそうだが、新参者が場に馴染むためには、それ相応の礼儀正しさが必要である。気取る必要はさらさらないが、謙虚であるべし。一生懸命やっている人間に対する敬意をもち、「こちとら客だ〜」といった横柄な振る舞いさえ慎めば問題はない。

メニューはだいたい手書きで、マジックで紙に書いて壁に貼ってあったり、黒板に書いてあったりする。とりあえず勘でいくつか頼んでみて、飲み始める。

何を飲むかはそのときの気分と喉《のど》の渇き方次第。ビールから入る時もあるが、酎ハイから入る時もあるし、ホッピーの時もある。いきなり升酒ということもある。

料理が並んだ時に、好きな物から食べるのか、それとも好きな物を最後に取っておくのかは、それぞれの性格や流儀にもよるが、酒を飲む時は味覚が鋭敏な最初のうちに、繊細な味わいを堪能《たんのう》しておいた方が賢明だと思う。たとえば、そうそう市中に出回らない銘柄の日本酒があったら、まだ舌が鈍ってない間に味わっておきたい。

基本的に安い。つまみが一〇〇円のところも多い。相当飲んでも二〇〇〇円かからなかったりします。その店に来た人が必ず頼むメニューがあって、煮込みだったり、モツ焼きだったり、ハゼの天ぷらだったり。それを二、三品取って、酎ハイ三杯ぐらい飲めば、かなり充実する。昼はまわるのが早い。

まず一軒行って、見知らぬ街が、その居酒屋を通じて少しだけ接近する。ジモティの雰囲気もなんとなく察知できる。

カウンターの向こうにいるおやじさんとひとことふたこと言葉を交わせれば、パスポートを手に入れたような気になる。

己の勘に頼った徘徊は、新鮮な発見もあるが、外れも引く。経験的にいうと、よくて十軒入って五軒は外れ。かなり高確率な場所で五分五分だ。場合によっては軒並み外れを喫することもある。それでも下町は値段も安いのでそれほど腹は痛まないのだが。

東京のような大都市は事情通の人たちがたくさんいて、評価軸がしっかりしている。それだけに、長く続けられている店は、地元のコミュニティを土台にしたいい商いをしていて、批評に耐えうる力をもっているといえる。

誰かが「あそこのあれはうまい」といっていた、というような口コミ情報のうちから自分の感覚に訴えるものがあったところを「そのうち行ってみよう」リストとして控えておき、折に触れてそこを訪ね歩いたりすることになる。

地元のコミュニティを土台にして経営している店には、信頼がある。来た人が必ず「うまい」といって食べる一品があって、それを守ってきた店、ある意味、ジャンルを極めているところにはそこの強みが必ずある。それが「職人仕事」というものだ。

朝飲みのできる街、赤羽

私も今は朝から活動しているが、以前は完全に夜型だった。昼頃起きて仕事をし、暗くなったら、夜の街に繰り出して夜通し飲んで朝帰る。

しかし、世の中には私が帰ろうとする時間から遊び始める人もいるわけです。たとえば新宿二丁目には、午前五時から本格的に賑わい出す店があった。これは夜の仕事をそれぞれ終えた人たちが飲みに来る店。午前五時に行ってみたら、その盛り上がりにびっくりした。「ああ、こういう世界もあるのか」と思った。

知り合いのある令嬢は、高校生の頃、始発電車で新宿に来て、朝クラブで遊んで、その足で学校に行っていたという。

こうなると、「本当にホットな時間帯とは何時だろうか？」と考える。東京は二四時間眠らない街なのだから、当然、違う時間帯で暮らしている人がいる。その場所の最もホットな時間を知らずして自分は何を知っているといえるのか、と。酒は夜飲むものと決め付けていることがいかに狭量であるか、と思えてくる。

にわかに気になり始めて、朝酒を飲める場所が都内にどのくらいあるのか調べたところ、北区赤羽界隈《かいわい》に充実していることがわかった。朝、酒を飲むのはどういう人か、それは夜中に働いている人たちでしょう。夜勤明けで飲みに行く人たちが多く住んでいるところに、朝飲める店があるのは自然なりゆきです。

朝からやっている居酒屋……もう行ってみたくてたまらない。折から、酒を飲まない人が「運転してあげるからどこか面白いところへ連れていって」といったので、「よし、前から気になっていた赤羽に行ってみよう」と、勇躍、赤羽の地に降り立つことにした。

朝から本当に酒を飲みたいかといえば、正直なところそうでもない。**朝からホルモン焼きで酎ハイ**というのは、少々辛《つら》い。にもかかわらず、行かずにいられない。酒飲みの性《さが》である。

行ってみればわかりますが、ある種の特権階級という感じがします。もちろんセレブという意味ではありませんが。**明るい時間帯に飲むことの恍惚《こうこつ》**を、誰もが表情に浮かべています。リタイアした人、元気な爺《じい》さんなども、その群れに加わっている。

ある日の赤羽はしご酒

私は赤羽にはまった。

都内の地方都市として徘徊マニアの間では評価の高い赤羽。とりわけ東口の一番街は居酒屋フリークに人気だ。

たとえば、午後四時過ぎに赤羽一番街の徘徊をスタートする。

まずは老舗《しにせ》の『まるます家』を表敬訪問する。この店は朝九時からやっている。午後四時半だったが、一階は満員、二階の座敷も予約でいっぱいだったが、お姉さんに潤んだ星目でお願いしたら、入れてくれた。ここは川魚が名物で、格安のうなぎ、鯉、ナマズなどをつまみにできる。定番の鯉の洗い、うなぎの白焼き、ナマズのから揚げなどを注文し、生ビールから始めた。大ジョッキがバケツみたいに大きかった。

小一時間、祖母の家を思い出させる空間で充実の時を過ごした後、はしごに出る。

二軒目はおでんや『丸健水産』に行く。ここはおでんの具材を売っている店だが、立ち飲みコーナーを設け、店頭で煮たおでんを食べさせてくれる。ビールとセットで七〇〇円。ここで是非食べておかなければならないのははんぺんだ。スフレを思わせる食感は絶妙で、出汁《だし》の旨《うま》さが際立っている。ここのおでんは相当ポイントが高い。できれば冬に来たいところだが、夏のおでんも悪くない。双子のお兄さんたちが機敏で、雰囲気もいい。

三軒目は肉屋兼占い師のおやじがやっているカウンター居酒屋『天亀《てんかめ》』へ。ここの名物はタツノオトシゴ入りの『立たせて候』など、各種の薬膳《やくぜん》酒である。五〇〇円で滋養強壮が図れる。また毒舌のおやじに生年月日をいうと、鞭《むち》打つ励ましのコトバを頂戴《ちょうだい》できる。二回行っただけで常連に格上げしてくれた。

最後は千石《せんごく》の『大沢食堂』で極辛カレーラーメンで締め。胃腸には過酷な試練だったが、生きている実感がピリピリと全身を貫いた。

安くてうまいが一番

金を出せばうまいものを食えるに決まっています。高くてうまいのは当たり前、高くてまずい店も世の中には多い。

安くてうまいことの中に何を見《み》出《いだ》すか。

財布に糸目を付けない人も行きたいと思うかどうかです。財布に余裕のない人も充分楽しめ、財布にむちゃくちゃ余裕がある人にも「また来たい」と思わせるものがあるか。

入る時に値段が気になるような店は、コミュニティ密着型にはなりえないと思う。

万人に開かれている店とは、**貧乏人も幸福になれる、金持ちも幸福になれる店**です。そういうところに行くためには手間を惜しんではいけない。それなりの努力をしなくては駄目です。

普通、居酒屋というと午後五時頃からというのがほとんどですが、下町の居酒屋には四時開店のところがあります。三時半頃から行列をつくって待っている。

流行っている店は、開店と同時に入れないとあっという間に一杯になってしまう。すると、その人たちが人心地ついて立ち上がるまでは入れない。人気店は開店と同時に八割埋まります。だから開店時間前に行って並んで待つくらいのことはしなければならない。

なかには、六時にはネタが品切れになる店があったり、八時には閉店になる店があったり、酒は三杯までというルールの店があったりもする。みんながみんなサービス満点、愛想がいいわけでもない。その店固有の「掟《おきて》」に身を置くことも、自分が**歓迎される客になれるかを試されている**ような気がする。

味というのは、誰が食べても同じ味を目指すところがあると同時に、気分によっても変わる。わざわざ出かけていって、それを食べ、飲んだ時に味わう幸福は、わざわざ行った甲斐《かい》があって味わえるハピネスである。

丈夫なからだで「吉呑み」

東海林さだお

これまで吉野家では、人々は黙りこんでいた。
黙りこんで牛肉の一片を口に入れ
ツユだくのごはんを食べ
紅生姜《べにしょうが》をときどきつまみ
雨にも負けず、風にも負けず
毎日吉野家に通い
丈夫なからだを持ち
いつも静かに笑って
牛丼（並）を食べている

そういう人々で吉野家のテーブルは埋まっていた。吉野家はいつも静寂の中にあった。

いま、吉野家から、人々のさんざめきが聞こえてくる。

大きな笑い声も聞こえてくる。

「チューハイ一丁」

などの声も聞こえてくる。

え？　吉野家でチューハイ？　と驚いていると、あるまじきことだが、

「子持ちししゃも一丁」

という声も聞こえてくる。

あまつさえ、

「マグロ刺身一丁」

という声さえ聞こえてくる。

吉野家といえば牛丼、牛丼といえば吉野家、その吉野家で刺身を求めるなど、砂漠で刺身を求めるのと同様のことと考えられてきた。

あの黙りこくっていた人々は一体どこへ行ったのか。

いま吉野家周辺では「吉呑み」という言葉がしきりにささやかれているという。

「吉呑み」とは何か。

吉野家で酒を飲むことだという。

吉野家で酒？　と誰もが驚くが、吉野家が居酒屋商売にも手を出し始めたのだ。

ぼくはこれまで、吉野家で牛丼を食べているとき、いつも、ここでビールが飲めたらなあ、と思っていた。

丈夫なからだを持ち、いつも静かに笑って牛肉の一片を口に入れ、ツユだくのごはんを食べながら、

「いまここでキューッと一杯ビールを!!」

と何回心の中で叫んだことか。その夢がついに実現することになったのだ。

ＪＲ神田駅高架下の吉野家の二階への階段を駆け上がる。

ここの一階はそのまま牛丼屋だが、その二階が平日の5時以降「ちょい飲み」の店に変わる。

「ちょい飲み」についても一言説明しておかねばなるまい。

これまた最近巷で流行っている言葉で、たとえば「ガストでちょい飲み」「バーミヤンでちょい飲み」「ケンタッキーフライドチキンでちょい飲み」、はては「コンビニでちょい飲み」というのさえあるという。

これまで主にファミリーを対象にしていたこれらの店が、

「ウチあたりでも軽く一杯やってくださいよ」

と会社帰りのおとうさんたちにも声をかけ始めたのだ。

そうした傾向の一環としての「吉呑み」ということになる。

「吉呑み」はみんながそういう言い方をしているだけだと思っていたのだが実在の言葉だった。

その神田駅高架下の店頭に置かれた電飾の立て看板に、堂々と、誇らしげに、嬉しそうに「吉呑み」と書かれてある。

吉野家のやる気が感じられる。

この店の一階はごく普通の吉野家造りだが、二階のコの字型のカウンターのところどころがテーブル席になっている。

回転ずしのカウンター席のところどころがテーブル席になっていますね、あの造り。

午後6時、二十席ほどの席の半分が埋まっている。

6時10分、満席。6時20分、外に行列。店内活気。

「ちょい飲み」のはずの客が「どんどん飲み」になっている。

サラリーマン風の四人づれは、入ってくると全員いっせいにコートを脱いで壁のハンガーに掛け、最初から「長期飲み」の態勢になっている。

とにかく値段が安い。

生ビール　３００円

ウインナー（4本）　２００円
枝豆　１６０円
マグロ刺身（6切れ）　２５０円
キムチ、お新香　各１００円
子持ちししゃも　２５０円
芝海老素揚げ　２５０円
冷《ひ》や奴《やっこ》　１６０円
冷酒　３４０円

え？　そんなものまであるの、それじゃまるきり居酒屋じゃないの、というかもしれないが、ふと店先の軒下を見れば、赤提灯《あかちょうちん》に堂々の「居酒屋」の文字。

　ホッピーが人気だ。

「ホッピー　中《なか》」
「ホッピー　外《そと》」

の声が飛びかう。

ホッピーは、ホッピー本体と、ジョッキに入った氷と焼酎のセットが３５０円。

ホッピー（外）が２００円で、ジョッキ（中）が１５０円。

ぼくは生ビールとマグロ刺身と牛丼を注文。

全品一分以内に到着。
さすが、早い安い旨いの吉野家だ。ではではと、とりあえず刺身から。
吉野家で刺身。
吉野家と刺身。
吉野家の刺身。
この六字の文字のつらなりは何回書いても違和感があってしっくりこない。
吉野家で牛丼、こっちは当然。
ところが、周りを見回してみると、牛丼を食べているのは誰一人としていない。
ここにいる客全員、ここが吉野家だということを忘れているようだ。
こっちは長年の夢がついに実現。
牛丼で生ビール。丈夫なからだで静かに笑いながら生ビール。

会津をめぐる伝統の酒肴（抄）

宇能鴻一郎

1

現地で、当日起ったこと、食べたもの、飲んだ酒を、その日のうちにまとめてみようと思う。もっとも、少々酔っぱらってはいるが、ほろ酔いの眼や舌に感じた現地の雰囲気を、率直に伝えることにはなるだろう。

今回の目的地は、白虎隊で有名な、会津若松である。駅前は舗装だけがやっと出来たような広場で、埃に白っぽくなった板塀などが並んでおり、ぼくの子供のころのままの、田舎の駅といった感じが、わずかに残っている。

じっさい、このごろはどこの地方都市に降り立っても、駅前の印象は、うんざりするほど似通っているのである。だだっ広い広場に貧弱な街路樹、不恰好な宣伝塔か彫刻か噴水、銀行や観光案内業者の白っぽいビルのあいだから、すぐにネオンのアーチをめぐらせた、商店街がつづく。

ぼくの感じでは、小さな都市の駅は、こうであってはならないのである。広場はあまり舗装がしてなくて、がらんとしていて、人気が少なくなければならない。古びた中二階造りの家並は昼間から雨戸を閉じ、「御旅館」の看板だけが麗々しく目につく。鉄道の横には枕木を利用した柵《さく》が立ち、ヒマワリが数輪、埃を浴びて首をかしげている。

向うには青い山なみが連なり、一日に何度か、真っ黒な蒸気機関車が、大得意、といった感じで汽笛を鳴らして、これも真っ黒な客車の箱をひっぱって来てくれねばいけない。

先年、四国のたしか多度津《たどつ》で久しぶりにぼくは、そうした駅を見た。この会津若松駅は、それよりは近代的だが、やはりローカルの匂いをかなり濃く残している。とはいっても、駅舎はいま鉄骨を建てて改装中で、駅前広場もブルドーザが入っていたから、遠からずのうちにこの匂いも消えてしまうにちがいない。明治色豊かだった博多駅が取りこわされ、あとに味もそっけもないコンクリート・ビルが建ったように、こうした画一化は止むを得ない運命かもしれないが、やはりぼくみたいに趣味的な旅行者には、残念に思われるのである。

戦災を受けていない、古びた街なみには、やたらに酒の看板が目につく。江戸時代のはじめ、蒲生《がもう》家が京都から酒造りの職人をつれてきて、それ以来ここでは酒が名物の第一になっているのである。

まだ陽は高いが、その名物を存分に味わうべく、車を「会津御寮《ごりょう》」と看板を出した、ばかに大きい構えの、小料理屋の前に止めた。入口には「どうぞおわいなはんしょ」と大書してあり、これは「いらっしゃいませ」の方言らしい。それにしてもこの店は、奇妙に大きすぎる。がらんとした感じである。二階の小座敷も二十畳はあり、壁にかけてある檜枝岐《ひのえまた》製の蓑《みの》や民芸風の置物と相まって、いかにも北国の豪農の家らしい、隅々の暗い、いい雰囲気を出すには成功しているが、さいしょからそのつもりで建てたのでもないらしい。

店主の鎌田さんは、新聞の社会部記者を長年つとめたのちに、趣味の喰い道楽を生かしてここに店を開いた変り種だが、建物の由来を聞くと、百七十七センチ、八十五キロの巨体をゆすって高笑いをし、二階座敷の窓をあけはなった。この座敷は宙につき出すようになっていて、下はコンクリートの広い床である。その向うには緞帳《どんちょう》をおろした舞台がある。

「ここは映画《いいが》館《かん》でして」と氏は説明した。

「つぶれたのを私が借りまして、お土産と郷土料理の店を出したわけです。この座敷も、もとは映写室《いいしゃ》でして」

なるほど、頭は使いようである。しかしこれだけの広さがあれば、炭火を活《い》けた角火鉢を前にして坐っても、古びた百姓屋で囲炉裏《いろり》をかこんでいる気分は十分に出る。観光バスがくりこむと、目の下の舞台では、地元の姐さん連中が「白虎隊」の剣舞を見せてくれるらしいから、ますます工合がいい。

2

会津の郷土料理は、この店に大体はそろえてある、というので、まず一通り食べてみることにした。鰻《うなぎ》の蒲焼きみたいなものと、里芋を三つ竹串にさしたものと、黄金いろの四角い餅みたいなものを、竹のフォークにさした料理が運ばれる。火鉢の灰の下は砂が敷いてあり、これらをそれぞれ立てて炙《あぶ》るのに、都合よくできている。焼きあがるまで、この店特製のソバを肴に、地元本郷宗像《むなかた》焼きの民芸風徳利で燗をつけた、地酒「栄川《えいせん》」と「会州一《かいしゅういち》」を味わうことにする。

ソバを肴に酒をのむ、というのは歌舞伎の舞台などでおなじみの粋な風俗だが、東京の、メリケン粉の多い、ヌラヌラ、ベタベタしたソバでは、どうも工合が悪い。しかしこの店のは、ライシャワー前駐日大使が激賞し、三杯もお代りした、というだけあって、さすがに酒にもよく馴染む。およそ麺《めん》類は、イタリアの本場スパゲッティでも、讃岐《さぬき》のうどんでも、ここのソバでもそうだが、うまいものはみんな腰が強く、シコシコ、プリプリしているはずのものである。

酒は、「栄川」は「菊正」などに近い、都会人の口にも抵抗のない、さらりとした上品な味である。「会州一」はやや麹《こうじ》の匂いが残り、かすかに田舎くさいところが、かえって地酒という感じがして、ぼくは好きだった。もっとも盃を重ねてゆくと、麹の匂いが鼻につき出して、「栄川」の方がよくなるかもしれない。どちらもやや辛口に属していて、好ましい。

適当に焼けた串を女中さんが抜いて、

「あがってくなんしょ（召上れ）」

と、宗像焼の皿に並べた。里芋は熱く、焼け方も不均一で、それが野原で焚火をしながら喰うような野趣を感じさせる。鰻のカバヤキ状のものは実は干したニシンであって、鰻より軽く、脂が少なく、風雅な味わいである。生揚げは、中身の豆腐がいいらしくて、表面の油は山椒《さんしょう》味噌をまぶしてこんがりと狐いろに焦がされ、口に入れるとふんわりとした、熱い、しかも水っぽくない、適度の熱で熟成された豆腐の味がする。

これをたとえば九州の、圧倒的に豊富で新鮮な、海陸の珍味にくらべると、いかにも北の国らしく貧しいのは止むを得ない。御馳走と称されるものも、会津海魚という、かちかちに干しあげた棒鱈《ぼうだら》や、干したニシン、さらに里芋、コンニャク、モチ、ソバ、トウフのたぐいにすぎない。こうしたものを東京に運んで、九州から直送されるフグや、京都から持ちこまれる松茸《まつたけ》とくらべれば、やはり見劣りはするだろう。

　しかし、現地で食べるかぎり、どちらかと言えば侘《わび》しい現地の食べものも、やはり美味《うま》かったのである。ここ会津若松に、はるばる九州から魚鳥を持ちこんでも、きっと会津産の食物を、たとえば「会津御寮」のように、よく吟味した調理をして供されたのにくらべれば、やはりどことなく場ちがいで、美味を十分に味わうことができないにちがいない。

　だから、もしかしたら美味とは、絶対的なものではないのかもしれない。それは単なる舌の感覚ではなく、現地の風土との調和感、調理者の心づかいの微妙なあらわれ、建物や器物やサーヴィスの印象、などがミックスされた感覚なのかもしれない。

　そして、舌の感覚だけについても、現地の食べものは、その土地の空気、水、米、酒などに微妙に調和しているはずで、その土地で喰うかぎり、美味い、と感ずることは、十分にあるはずなのである。よし同じものを東京へ持ってゆけば、少しも美味《おい》しくなかった、としても。そして、或る意味ではこの差を、現地だけでしか味わえない味と、東京での味との差を、十分に噛みしめるのが、実は食べ歩きの旅の、ほんとうの楽しみ方ではないのだろうか。その意味からしても、もっとも美味だったのは、ニシンを山椒と酢につけた、ニシン山椒づけであった。東京で即売会をやったときは、いっこうに売れなかったというが、ここでは文句なくうまいのである。

じじつ、火鉢に刺して炙《あぶ》ったこれらの食べものと、主人の鎌田氏と汲みかわした酒の味は、まことに調和していた。貧しい材料をよくもこれだけ、酒に合うように工夫した会津人の知慧も、小さな都市には不似合いなほど、うまい。多種多様の酒の存在も、実は冬の半年をほとんど家のなかの、炉のそばで暮さねばならぬこの土地の宿命が生んだものだが、そうした会津人の生活についての話題さえも、ここの酒と肴に何かしら合うように感じられたのである。

チーカマ放浪記

種村季弘

正午近くの東海道線に乗ると、異様な気配に包まれることがある。暗い高電圧のようなものが、車内のすみずみからひしひしと押し迫ってくるのだ。

別に何が変だというのでもない。ただ視界がふだんよりいくぶん黒ずんでいる。中年から上の乗客が多いのである。その全員が息をこらすように押し黙ってスポーツ新聞に目を食い込ませている。

やがて電車が平塚か小田原に近づく。するといっせいにどっと立ち上ってぞろぞろとドアの方へ移動してゆくのだ。いわずと知れた、競輪開催日の光景である。

ときたま、ねずみ色の沈黙のなかにけたたましい声があがることがある。七十に手が届きそうな婆さんが、車内吊りの「ナイス・ミディ」のポスターを批判したりするのだ。

「メンスのあがったババアのご旅行だとよ。京都のお寺見物だってさ。かったるいねえ。こっちは競輪狂いさ。きったはったでいこうってんだ」

婆さんは見得を切ると、小田原駅のプラットフォームへ、草履をバタバタ鳴らして出ていった。

婆さんの後姿を見ていると、阿佐田哲也『麻雀放浪記・風雲編』に出てくる、博打《ばくち》列車のことが思い浮んだ。あれもたしか、この辺から東海道の清水次郎長の縄張りをずっと走って、大阪までゆくのである。

それは、東京駅を午後九時半に発つ大阪行最終の鈍行列車だった。その客車ひとつひとつがそっくり賭場になっている。窓のブラインドを全部おろし、こうこうと輝く電灯の下に花札が散り、千円札が乱れとぶ。

千円札といっても、昭和二十六年の千円札である。大阪までそうして打ち続けて、大阪で昼寝して、また上りの夜汽車で打ち続けて東京まで戻る。

三十年近く前の無頼の黄金時代をいまと較べたって、お話にも何もなりはしない。ちがいが大きすぎる。極彩色の博打列車の内部《なか》は、いつのまにかねずみ色に押し黙った、黄昏の気配に変ってしまったのである。

七年程前に、西ドイツのプフォルツハイムという古都に行ったことがある。ここからバーデンバーデンまではそんなに遠くない。バーデンバーデンには有名なカジノがある。現地の友人にそこへ連れていってくれと頼むと、カジノは正装でなければ入れない、と断わられた。着たきり雀の旅行中の軽装ではいかんせん諦めるよりほかはなかったのである。

このときのやりとりのなかで高齢者の賭博熱の話が出たのを憶えている。友人の言うには、「あそこのカジノは、定年退職後の年金生活者が、陰気な服を着てずらっと並んでいてね。ぶきみだよ。これが社会問題になってるんだ。老人年金を全部ルーレットに注ぎ込んじゃう」

ヨーロッパの話とばかり思っているうちに、賭博人口の高齢化は、日本列島でもいつしか現実になってきたようだ。ここに賭博研究家増川宏一氏の挙げているデータがある。

「競輪は一九七〇年に全国の延入場者数四七〇〇万人をピークに激減し、一九八〇年度の延入場者数は三七〇〇万人になった。八一年度の車券売上高は一兆二〇〇五億円と前年比五・五%の減で、入場者数と売上高の減少は続いている」(『賭博Ⅲ』より)

競馬も、競艇も、オートレースも、軒並み売上高減となって、とりわけオートレースは、「将来の開催が危ぶまれている」という。

ファン層の高齢化が原因なのだ。とくに競輪入場者の平均年齢は「四十六歳」(毎日新聞）、または「四十七・七歳」（朝日新聞）と高く、「五十歳以上のファンが四十二・五％に対し、三十歳未満の若いファンは、わずか四・一％」（『賭博Ⅲ』）とある。

一口にいって、公営ギャンブルはすっかりオジンのギャンブルになってしまったのだ。すると若者のギャンブルばなれというのが現代のファッションなのだろうか。さあ。

たまたまテレビを観ていたら、競艇のファン激減をレポートしている番組があった。そこで裏番組を回してみると、クイズ番組が出た。十万円近い賞金がデジタル数字で画面に並び、それからカメラをロングに引くと、ワゴンに山積みのスポンサー景品が運ばれてくる。

ああ、そうだったのか。どうやらヤングはいまや賞金稼ぎに精を出しているのだ。宗旨がちがってきたのだな。

そう思って、そのつもりで見直すと、TVスタジオのなかがにわかに西部劇の宿場に見えてきた。先週のクイズ早撃ちビリー・ザ・キッドが、今週のなまっ白いビリーズ・ザ・キッド殺しにつけ狙われている。

いよいよご両人ご対面となる。

野郎、抜きやがれッ。

とたんに電光がきらめき、タッチ一瞬の差で先週の、もしくは今週のビリー・ザ・

キッドが、ばったり倒れた。バイバイ、またおいで。

血が流れない。硝煙のにおいもしない。レーザー光線に消されるみたいに、負けた方がふっといなくなる。クールといえばクールだ。だから、熱くならなければギャンブルではないと思っている人には実戦臭がまるでないのが物足りないだろう。

これにはしかし、賞金稼ぎ派の言い分もあるかもしれない。競馬競輪っていうけど、あれ、そんなに面白いですか。あれ、旦那あそびじゃないの。

こちらも一理ないことはないのだ。競輪競馬は、競技に勝つも負けるも選手の勝敗である。車券馬券を買う客は何もしていない。時代劇に出てくる賭場の旦那衆が賭札をはるだけで、自分では壺をふらないのと似ている。

一方、自動車ラリーにせよ、ゴルフ・トーナメントにせよ、麻雀にせよ、はてはクイズ・ものまね番組にせよ、賞金景品めあての勝負は、当事者のパフォーマンスがモノをいう。クールでなければ勝負の呼吸を見失うのである。

賭博には大きく分けて、僥倖賭博と知能賭博とがある。僥倖賭博はひたすら僥倖に賭けるのである。ルーレットやサイの目賭博がこれだろう。それに対して、知能賭博にはかけひきの余地がある。技巧や知能のはたらかせどころがある。偶然だけではきまらない。麻雀やパチンコでは僥倖より知能に頼る部分が大きいのである。

そして、これまた大ざっぱにいって、僥倖賭博は原始的で職業賭博に向いており、知能賭博は文化的で社交賭博に向いている。

すると僥倖性の強い競馬競輪が斜陽化し、クイズのような、どちらかといえば知能性技巧性の勝った賭博形式が栄えるのは、賭博のクロウト時代が終ったということだ。シロウトが安全に、娯楽としてのギャンブルを楽しむ時代に入ったのである。

例外はむろんあるだろう。しかし、趨勢としてはそちらの方向に流れている。そういう気がする。

だからといって、文化賭博がより健康だということにはかならずしもならない。家屋敷を売り払い、女房子供をすてて狂わないだけ人間がかしこくなった、とは言えそうにない。

だってそうじゃないか。賞金景品も悪くはない。衛生無害な景品が人生の足しになっているうちはいい。だけどそのうち、人生の方が、オマケの景品になっちまったって、知らないぜ。

ここで話はまた小田原界隈にもどる。競輪場がハネてからの光景がまた一段とわびしいのである。

国鉄の主な乗換駅のプラットフォームに、「ドリンク・ショップ」というものがあるのをご存知だろうか。夏ならばビール、冬場は燗酒を飲ませる。燗酒は、あまり聞いたことのない「神杉」という銘柄の一合瓶だ。

ツマミは「都こんぶ」とか「チーカマ」。「都こんぶ」というのは、むかしの「中野こんぶ」だ。「中野こんぶ」は乗物酔いに効くというので、戦前の小学生がよく遠足にもっていったものだ。私はこれで飲《や》る。

「チーカマ」の方は「チーズ入りカマボコ」の略だろうか。いずれにせよ、「ドリンク・ショップ」には、「チーカマ」をさかなに「神杉」の燗酒を飲む、ある種の人種が巣食っているのだ。

これは常連だから、電車が何本きても腰をあげない。ビジネス・スーツの新幹線の乗客がつぎつぎに熱カンをスマートにあけて、さっと上りに乗ってゆく。しかるにチーカマ族は、依然として腰をあげない。明らかに競輪帰りの、それも本日の成績がすこぶる芳しくなかった連中の、たまり場になっているのだ。

そんな気長な観察をしているくらいだから、かくいう私も、もう「都こんぶ」で熱燗三本位はもたしている。そこへチーカマ族の誰かが寄ってきて身の上話をしたりする。

「三年前に定年退職してね。小田急の大根《おおね》に学生下宿を建ててさ、あそんでるんだよ」

折よく下り電車が入ってきたのでしめたとばかり腰をあげた。するとあとからチーカマがのこのこついてくるではないか。

「小田急大根だと、方向が逆じゃないの」

「静岡へ行くんだよ。定期持ってるからね。静岡の駅前の屋台のラーメンで一杯やってさ、一番の上りで帰るんだ。定期見せようか」

チーカマが定期を見せた。おどろいたことに、グリーン車の定期券を持っている。『麻雀放浪記』の博打列車のことがちらと頭をかすめた。しかし、まさか今時、夜行グリーン車で賭博が開かれているわけでもないだろう。

下車駅に近づいたのでそこで別れた。

チーカマは背を向けてふらふらとグリーン車の方へあるいていく。その後姿には、静岡の屋台までラーメンを食べにグリーン車で往復する人の、不敵な貫禄はない。ただもうやけにさみしい背中だった。

寄席がハネたら行きたい店

柳家小満ん

寄席周辺を味で語れとのことで、まずは浅草だ。寄席の名は「浅草演芸ホール」、所在地は浅草六区のヘソ辺り、と申し上げておこう。すなわち歓楽街の中心部と言いたいのだが、今はちょっと人通りがさびしいようだ。

往年の浅草は東京第一の歓楽街で、六区通りの賑わいは、写真で見ても、正にモノクロの名映画『巴里祭』の人込み、そのものである。「浅草オペレッタ」の人気なども、西洋文化への憧れであったようだ。〝浅草六区〟という語感も〝パリ十八区〟といったような響きにも似て、誇らしさが感じられる。

さて「浅草演芸ホール」の所在地を浅草六区のヘソの辺りと申し上げたが、その寄席のすぐ前の、斜《はす》っかけの路地に「へその店　荒井屋」がある。活魚料理の小店といえば、店の様子が察せられよう。へその店の〝へそ〟とは、へそ曲がりの〝へそ〟である。きっと荒井屋の初代が、嫌なお客を断ったりして、

「あいつぁ、ヘソだね」

　とでも云われ、

「ああ、俺はヘソだとも」

と胸を張り、堂々と看板に掲げたのであろう。江戸っ子は総じてヘソなのである。

名人・桂文楽十八番の「船徳《ふなとく》」で、

「四《し》万《まん》六千日、お暑い盛りでございます」

と、たった一言での場面転換は、実に見事であった。久保田万太郎先生の句、
　四万六千日の暑さとはなりにけり
には、「船徳」の前書きが付いており、事程左様に名文句なのである。

　折角でもあり、四万六千日の浅草観世音へご案内をしよう。観音様のご縁日は毎月十八日であるが、それとは別に「欲日《よくび》功《く》徳日《どくにち》」と呼ばれる縁日が各月にあり、この日に参拝をすれば、百日分、千日分の功徳が得られるとされている。中でも七月十日の功徳日を浅草寺では「四万六千日」と大バーゲンにして人気を呼んだのである。尚又、七月九日、十日は「ほおずき市」としても有名で、境内《けいだい》所狭しの感で大賑わいをしている。「雷除け」の御札もこの両日だけですので、ぜひ社務所でお求めください。つ

いでに〝雷おこし〟もね。買わないと、ヘソを取られますよ。

私の入門は昭和三十六年で、師匠は前述の名人・桂文楽であった。その師匠の前で、たった一度だけ、胡坐《あぐら》をかいたことがある。

入門して間もない頃であったが、師匠が三味線粋談の柳家三亀松《やなぎやみきまつ》先生を誘って、浅草の「駒形どぜう」へ行った時のことだ。中板を挟んで、師匠と先生が胡坐をかき、お供の私が正座をした。すると、三亀松先生に、

「ここでは胡坐をかくもんだ」

と一喝され、師匠もまた、

「覚えておきなさいよ」

と口を添えたが、私としては何とも座り心地の悪い胡坐であった。

大きな下足札を傍らに置き、長い中板に並べられた七輪に〝どぜうの丸鍋〟を取り、箱入りの刻み葱《ねぎ》をたっぷりと盛り上げ、山椒《さんしょう》と唐辛子を振り、二合徳利《とっくり》で盃を傾けてごろうじろ。気分は、江戸となるはずだ。

寄席から出て、六区の交差点を渡ると、「かっぱ橋通り」で、その右側に「どぜう」の大のれんで「飯田屋」がある。ここも近年、上がり座敷となって、雰囲気もよく、絶賛をしたい。品書きにはないが、鍋の前には〝どぜうの唐揚げ〟をぜひ、と耳打ちしておこう。

上野広小路には「鈴本演芸場」がある。自社ビルの三階が寄席で、エスカレーターでご案内という、もっとも近代的な寄席だ。以前の「鈴本」には前庭があり、傍らにお稲荷様が祀ってあって、打水をした入口はいかにも清々しいものであった。「鈴本」を出て、左の横町を「仲町通り」というが、昔は花柳界《かりゅうかい》でもあり、家並みにも、さっぱりとした風情があったのだが、今はすっかり様変わりをして、アチャラカ横町の感である。講談の「本牧亭」の跡地も今は大パチンコ店だし、日本の町はこれでいいのであろうか。

仲町通りには「蓮玉庵《れんぎょくあん》」と「池の端藪蕎麦《やぶそば》」という、二軒の老舗《しにせ》の蕎麦屋がある。

　蓮枯れたりかくて天ぷらそばの味　　久保田万太郎

「蓮玉庵」の額は万太郎先生の字だ。不忍《しのばず》池が枯れ蓮の頃ともなれば、この句と共に〝天ぷらそば〟が恋しくなる。

「藪蕎麦」では〝焼海苔〟で一献《いっこん》傾けたい。湿気止めに、炭火入りの小箱で出るのが、洒落《しゃれ》ている。〝せいろ〟の蕎麦も〝三箸半〟の量に驚く莫《なか》れ、それが即ちオッと心得よう。

オッなんざぁ真っ平だ、という方には、私の大恩人の蕎麦屋をお勧めしたい。仲町通り三つ目の路地を曲がってすぐの「ことう さら科《しな》」である。私がまだ二ツ目の頃、毎夜のごとく現れては、僅かな握り銭で、うだうだと飲み興じていた店だ。その頃は深夜十二時半の閉店であったが、私が帰るのは二時半過ぎで、要は、店の夜食にもあり付いていたわけだ。

そんなある夜、旦那と女将さんから、新調の夜具布団を一式拝領をした。仲間の噺家との馬鹿っ話に、私が貰い物で陸軍省払下げの毛布一枚で寝ている、と言うのを聞いていたご夫妻が、密かに誂えてくれたのだった。

「そろそろ、毛布一枚じゃあ寒いだろ」

旦那の言葉は、優しく軽いものであった。

その晩、仲間の酔っぱらいと二人で、深夜三時過ぎに、布団一式を頭上に、湯島の下宿まで、浮かれながら帰ったのだが、途中の交番で尋問にあったのも当然で、それが又、翌日の笑い話となって、深更に及ぶのだった。

「蓮枯れたり、かくて天ぷらそば、よりは夜具布団……」

と云ったかどうかは、記憶にない。

　しぐるゝや駅に西口東口　安住淳

池袋の西口にあるのが「東武百貨店」で、東口にあるのが「西武百貨店」というのも、ちょっと笑える話だが、池袋の北口から出て三分の処にあるのが「池袋演芸場」

で、メロン色のビルが目当てだ。寄席を出たら、左へ行って、二本目の角店「うふ鐵《てつ》」が面白い。鰻の珍味串焼きで、カブトにヒレは他では食べられない。寄席からちょっと離れて、西口から三分、いわし料理の店「摩耶《まや》」もいい。いろいろ取って、最後は〝つみれ鍋〟だな。

新宿の「末広亭」は伊勢丹百貨店の前、中国名菜「銀座アスター新宿賓館」の裏の裏の路地、とナビゲートしておこう。寄席文字の招き看板がずらりと並び、最も雰囲気のある寄席だ。初めてでも、臆せずに入って頂きたい。「銀座アスター」へは、二ツ目の頃はランチタイムしか行けなかったが、ああ、パイナップルの入った酢豚が懐かしい。現在の店はますます立派だが、臆せず入って、北京ダックでも如何。

東京に上方落語の面白さを教えてくれたのは三遊亭百生《さんゆうていひやくしょう》師匠である。「末広亭」の昼トリの何日目かに、前座の私が百生師匠に、新宿東口のビヤホール「新宿ライオン会館」へ誘われたのも思い出深い。その日の高座の出来がよほど嬉しかったのであろうか。タンシチュウでジョッキを傾けて、いかにも満足そうであったが、それから半年後、鈴本での高座を最後に他界してしまった。

ああ、懐かしきことばかり……。

寄り合い酒にはナスの古漬け

椎名誠

クルマを運転しながらよく落語を聞いている。うまい噺家《はなしか》の落語は何度聞いてもおかしいからそのたびに笑ってしまう。交差点の赤信号などで一人で笑っているのを向かいの人が見たらきっと気持ち悪いだろうな、と思いながらも一人で笑っている。

落語には食い物と酒の話がよく出てくる。聞いていてうらやましいのは昔の「寄り合い酒」だ。今は贅沢《ぜいたく》になってしまったから酒を呑《の》みたいと思えば何時でもどこでも呑めるが、落語で語られる昔はそうはいかなかったようだ。

若い者がどこかに集まって酒盛りの作戦を練るところから噺がはじまる『酢豆腐』は、町内の通人ぶったキザな男に計略で腐った豆腐を食わせてしまう噺だが、その前段階から面白い。たまたま酒が手に入ったが肴がないので集まった連中がその工面をあれこれ話し合う。

「ところで肴だ。みんな懐が秋の暮れ（寂しいの意）だからあまり高いものはいけませんよ。人が見て体裁がよくて数があって腹にたまらなくて衛生にいいなんていうのはないかい」

兄貴分らしいのがそう言うと、いろいろ意見が出るが、楊枝《くろもじ》案が一番笑わせる。数があっても安い。みんなが口にくわえているとはたから見て何か食ったあとのようで体裁がいい。腹にたまらないし歯がほじくれるから衛生にいい――などという奴がいる。なるほどなあ、と思わせるのが話の組み立てのうまさだ。

糠味噌《ぬかみそ》の奥のほうをくまなくまさぐっていくとたいていナスの古漬けぐらいは出てくるからそれでいこうということになったが誰も糠味噌の中に手をつっこみたくないから、そこから計略がはじまる。

ナスの古漬けは『品川心中』の下げ（おわり）ちかくにも出てきて床下にあるこの漬物樽《だる》の中におちた男が股間《こかん》をぶつけてキンタマが飛び出してしまった。これはもう助からねえと騒ぎだす。気丈にもとれてしまったキンタマを片手に持っている。という。そりゃ大変だとみんなで見るとナスの古漬けだった、という話である。

この仲間うちの寄り合い酒でナスの古漬けを肴にする、というのが妙に魅力的でうまそうなのだ。

「こまかく切って楊枝《ようじ》に突き刺してちびちび食べる」というのがなかなか風情があっていい。現代の若者が寄り合い酒で、そこらのコンビニから簡単に調達してくる空気でふくらんだような色とりどりの袋にはいったエビせんべいだとかカニカマなどといったお子様オヤツ系のツマミにはとてもない肴の色気てえものがある。

わが貧乏学生時代、似たように酒の肴を買う金がなく、ごはん粒に楊枝をつきさして醤油にちょいとつけ、それをツマミに深夜の寄り合い酒をやったことがあり、なかなかわびしくてよかった。思えばその頃はコンビニなどができる前のことで、江戸落語のスピリットをまだ若干受け継いでいたような気がする。

酒と肴のこと

田辺聖子

この間、相棒の男が大学同窓会とやらで四国へ一泊旅行に出かけ、私は異例のことで酒ぬきの夕食を娘たちととり、食後、深夜の二時まで仕事ができて、われながらビックリした。酒がなければこんなに仕事ができるんだァ。

私はちゃらんぽらん女であるから、もしこれ、酒飲まぬ男を相棒にもてば、自分も飲まずにすんでいたかもしれぬと考える。そのへんが、われながらうさんくさく、信用ならぬところである。何を考えとんのか、わからんところが、われながら、ある。

しかし酒飲みの相棒が帰ってくると、また晩酌をやり、これはこれで結構おいしいのだから、無節操もはなはだしい。

酒量は、二人で五合くらいか、でも私は相棒より少ない。いま飲んでいるのは「大関」である。以前「金盃」のときは手もふれられぬ熱燗であったが、「大関」はぬるめのほうがおいしく、冷やもおいしい。

洋酒はサントリーのダルマを、寝しなに飲むくらい、これはいつもではない。夏は、日本酒の前に、サントリーの純生《なま》を、二人で一本。ときに二本。（いつも二人ですみません）

夕食はいつも私が作るが、どうしても魚と野菜である。いわしの生姜《しょうが》煮や、さばの味噌煮、しいたけと高野豆腐の煮もの、かきの酢のもの、とろのお刺身（神戸は有難いことに安くておいしいのである）、小芋と豚肉の煮こみ……私は毎日、献立表をつくっているので、それが厖大な量になって残っている。秋・冬の部を見ると、もっといろいろあるのだが、家政婦さんが買出しにいくときは、コレがなければアレと融通が利かないから、どうしても単調になる。買出しだけは私が行きたいと思うが、その時間もないときが多い。市場の買物は大好きなので、いつも大きな買物車を一人でひっぱっていくのだけれど、一時間かかって帰ってくると、ちょっと調子が狂ってすぐ仕事にかかれない。

冬は鍋ものにする。とくに、おでんやうどんすき、とり鍋、すきやきなどすると、子供たちと両方いけて私は手がはぶけて助かる。

わが家はふつう、子供とおとなと、献立がちがうので、大変なのだ。

おとなだけの場合は、このほか、ころなべ（鯨の皮と水菜のはりはり鍋のことである）、かき鍋、とんちり（豚と白菜、またはゴマダレで、豚とほうれんそう）、石狩鍋、かす鍋（酒粕汁の中にわかめ、しいたけ、ねぎ、たい、こんにゃくなどを入れる）、よせなべなどをする。

鍋もののときは、酒の肴に冷たいもの、といっても、生ずしとか、酢がきとか、なっとうなどをつけておけばよい。私は『酒』にのっている酒の肴などを切りぬいて「料理ノート」に貼りつけ、時に作っていて重宝している。新聞の料理欄も、よく切りぬいて貼るほうである。料理雑誌、料理カードを見るのが大好きで、これはまとめて台所の棚に並べてある。そのわりに料理は上達しないが、これは神戸の生鮮食料品がイキがよく、なまじ手を加えると却ってまずくなるというところからもきている。

手を加えるといえば、この間はすてきにおいしいすっぽんをたべた。神戸にいる女流作家の島京子さんが、知人に生きたすっぽんを数匹もらい、風呂場でタライに水を張って生かしておいたのを、すっぽん料理屋さんにとくにたのんで、料理してもらったのだ。

元町高架下の「丸金飯店」という台湾料理屋さんの店で、京都の「大市」などとまたちがった風味、ここの蛙の唐揚げや、豚の子宮の湯がいたものなど、ちょっと比類のない美味、すっぽんもコクがあって脂があって、何ともいえない味で、スープと肉がたべられる。私はすっぽんがぽんと首を切られて血を絞られるのまで見たが、あんまり鮮やかな手さばきで、しかも逞しい腕力で軽々とやられたので、「ワー、かわいそ」といいながら、わりに平気で見ていた。メスでないと血が出ないそうだが、幸いメスだったので、ブドー酒に入れてもらって飲んだ。五、六人で満腹した。

　相棒が奄美生れの鹿児島育ちなので、豚肉料理を好むから私も右へ習えしたけれど、豚というものは牛肉よりあっさりしていることを発見した。豚足煮こみの美味しさは、魚料理の淡白とおなじくらいである。私は肉の本場の神戸にいるけれども、ビフテキで日本酒は飲めないから、あまり牛肉は好まない。むしろ豚足煮込みの方が日本酒に合う。

　すっぽんだの、豚の足だの、子宮だの、蛙だのというと、あたまからおぞ気をふるってよりつかぬ人があるけれど、こんな美味を知らぬ人は気の毒である。鮎の塩焼きや湯豆腐や、湯葉や、わらびぜんまいも私の好むところではあるが、おいしいものは、ほかにもっとあるという気がつねに私にはある。それが日本酒にあえば、尚、結構である。

九州＠東京

江國香織

ゆうべ、〝博多うどん酒場〟という惹句《じやつく》のついた店に入った。場所は東京都渋谷区。賑やかで活気があり、壁いちめんに品書きが貼られている。おきゅうととかまぼこのバター焼きをつまみにビールをのみながら、私はおお！　と思った。おお！　東京にいるのに九州に来たみたいだ、と。かまぼこのバター焼きというものを私ははじめてたべたのだが、とてもおいしいものだった。縁がピンクのかまぼこであるところにも、風情を感じた。

改めて店内を見回すと、品書きのなかに興味深いものが幾つも見つかった。たとえば「愛のスコールサワー（限定）４００円」。愛のスコール？？？　随分情熱的な名前だけれど、一体どういうのみものなのだろう。「宮崎県民の皆様おまたせいたしました!」という言葉が添えられているところを見ると、宮崎ではポピュラーなものなのかもしれない。「ちくわサラダ（サラダではない）」という品書きにも目を吸寄せられた。サラダなのにサラダではない?? 「お弁当のヒ◯イといえばこれ」という言葉が添えられていて、謎が謎を呼ぶ。ヒ◯イって? 追加注文した豚串とピーマン串としゅうまい串をたべながら、私の心は謎を解明したい気持ちでいっぱいになり、ヒ◯イ、の◯の部分に、五十音をはじからあてはめてみた。悲哀? 被害? 被災? 翡翠? 額? 肥大? 否定? 疲弊? 悲鳴? 比類? 比例? 卑猥? どれもお弁当とは結びつかず、意味が通らない。観念して店の人に訊いた。「ヒライです」というのが髪を金色にした若い男性店員さんの返事で、そういう名前のお弁当屋さんが熊本にあり、ちくわサラダはそこが発祥なのだと教えてくれた（ちくわサラダとは、ちくわのなかにポテトサラダを詰めて揚げたものだということも判明）。熊本の人ならみんなすぐにわかるのだろうか。風土というのは実に奥深いものだ。〝博多うどん酒場〟とは言っても宮崎ののみものがのめたり、熊本のたべものがたべられたりするわけで、本場には、きっとこういうお店は存在しないだろう。遊園地みたいな架空の九州。私はすっかり旅先にいる気分になった。

　お酒をレモンサワーにきりかえて湯だめうどんを完食すると、全身でおなかがいっぱいになった。ので、最後に注文して確かめようと思っていた謎のデザート「竹下製菓のミルクック」がどういうものなのか、は、いまも謎のままだ。

あくなき執念の味

鴨居羊子

煙草をとり出しかけるとホステスさんが火をつけてくれるのはいいとして、こちらがいちいち背をのばし机にはら這いになるほど煙草と口をもってゆかねばならぬのは考えものだ。

ある男性と飲んでいたら、とてもていねいな人で、やはりいちいちライターで火をつけてくれる。その紳士の気のつかぬ間にいつ煙草をとり出して、すばやく自分で火をつけるかということばかり考えて、相手の隙ばかり狙っていたため、とうとう何をしゃべっているのか忘れてしまったことがある。

こちらがマッチをすってあげたら、ある野性的な男性だったが、火をもった私の手首をぐいとつかんで自分の煙草に近づけて火をつけて吸った人には驚いた。これはとても魅力的だった。

ナイトクラブなどで私の手が動くとみるや暗い中でカチリとライターがともり、背後から火だけが近づいてくるというのも気配りのあるボーイさんでなかなかイカす。煙草のマッチのつけ方一つでもこのようにいろいろ上品《ほん》、下品《ほん》がある。酒司・二村のマスターなどはもっと凄い。マッチをすって相手の鼻先へすぐもってゆくと燐《りん》が匂うので一たん三十度の角度で下げて、その間に匂いを消し、再びその火を相手の煙草の先へもってゆく。ライターでもその角度で動いてくる。

昔、よくキザな東京人やバア人種（?）から流行のカクテルやお酒の自慢などさんざん聞いてから、大阪のこの酒司へくると、全く何気なく、そんなお酒やカクテルが出てくるので、私は早速このバーから東京へ電話をしたものだ。「いま大阪でジャック・ダニエルを飲んでるのよ」とか「ネグロニで乾杯！」なんて言う。

フランスのロスチャイルドのワインのびんには世界の絵描きがそのワインのために描いた絵のレッテルが貼られている――などというワイン教養を東京でわざとらしく聞かされていた。ところが私はちゃんと十数年前からこの二村でこのロスチャイルドを格安で飲んでいたのである。知らぬが仏というか。知らぬが舌というか。二村氏という人はこんな人だ。

そこで今回は、この二村氏の舌と味の世界をカモイクッキングに登場してもらう。

二村さんの常連さんでこのムートン・ロスチャイルドのレッテルの絵ばかりを集めている人もあるらしい。日本ではなかなか手に入りにくい。ムッシュー二村はいとも淡々として「必ずしもすごい上等のワインにのみ絵が貼られているわけではありません。現にこの一九六八年のワインにはBONAの絵が貼ってありますが、この年はむしろワイン不作の年でした」と言って、彼は絵のレッテルのない別のワイン――シャトー・ラフィット・ロスチャイルドという名のを、焼酎一杯でもすすめるようにコルクをぬいた。

こんな神経の細やかな酒場で、おいしいワインを飲みながら、酒のためのアテ料理を聞くのも酒飲みのしあわせの一つである。

家庭婦人が、この味、サーヴィスを主人及び客に再現できれば、あらためて尊敬されること請け合いである。

この店には一年間のオードブルやアテの一品料理の予定表がある。基本的には週ごとに変わる。または客によってメモが融通無碍に変わる。

お惣菜とアテとは微妙なところで味つけも材料も異なる。例えばチキンサラダを作る場合、チキンは客によって好き嫌いがあるため、メキシカン風にカレー粉をほんの少々入れることでチキンの匂いを変えたりする。これは二村式だ。

まずポテサラのオードブルができてきた。

キューリ、ニンジン、セロリ、うすくスライスしたレモンの皮、パセリのみじん切りなどとポテトがあえてある。なるほど普通のポテサラと全く風味が違う。

●ベークド・ポテト・オン・バター

つまりこれは北海道風のもので、蒸したポテトにバターを塗った小さい一切れが銀紙につつんである。でっかいポテトでないといやだという人は北海道へ行ってほしい。ここのアテはあくまでもエキスである。

●クラブ・ミート・サラダ

これはカニサラダのことで、日本風の味つけ。ニンジン、キューリ、セロリ、オニオンなどの風味野菜とカニをドレッシングであえる。横にタルタルソースもつけてある。

「肝心なのは、お酒のアテはぜいたくにみせることです!」と、カウンターの中からムッシュー二村が言う。ムッシュー二村は、ぜいたくにみせてもボラないし、高くしない。逆に安いのである。だからこんなことが平気で言える。一種のダンディズムであろう。

ぜいたくにみせるには量を多くしてはいけない。エキスのように少量をゆっくり味わう。最近は日本のフランス料理屋でも日本風味つけをとり入れ、両方をミックスしたようなフランスの会席料理といった感じのものが多くなった。

●カスラー・リッペン・ウイズ・ザワークラフト

骨つきハムをうす切りにしたものと、酢づけのキャベツのつけあわせ。

「ところでお酒の味にも流行があるのでしょうかね？」

「お酒もカクテルも微妙に変わりますね。十年ほど前には、カティサークが流行りましたね。あのお酒、ほんとは重いお酒なのに、色がうすいため、ライトなお酒とされて流行りました。現在は、より飲み易いもの、ライトだけれどもコクのあるものが喜ばれていますよ」

●ビーフ・オニオン

ローストビーフの和風式のもの。このタレはショウユとピーナッツとクルミとゴマをつぶしてまぜ合わせ、オニオンであえたローストビーフをこのタレにつけて食べる。あるいは一しょにまぜ合わす。

一つ一つのアテは少量なのだが、これらはまことに磨かれた宝石のような味つけと、つめたさ、あつさなので、ここまでくると、私のお腹の中はワインと宝石がいりまじった如き感あり。アテの温度のことは、宝石のみがきのようなものだ！

若いお客でこれらのアテで量不足とみれば早速Ｔボーン、スペアリブやグラタンなども登場する。

私は十数年前に、ここで大皿にはみ出すＴボーンを毎日のように食べた。

それにしても目の前の棚の上の無数の酒びんがいずれも美しく磨かれ、とくにガラス戸の中のクリスタルびんのお酒は、大びんの香水を見ている感じがする。私の家の酒棚はこの二十分の一ほどにすぎないが、一本一本に、ごってりとゴミやホコリがへばりつき、レッテルの字もよめぬほどだ。急に早く帰って一本ずつ酒びんを洗って磨きたい衝動にかられだした。

「毎日、磨くんですか。二村さん」

「いいえ、いいえ、夜中に酒の上に白布地をかぶせて、カーテンをします。夜の騒ぎがしずまって、ウシミツドキにホコリが舞いおちてくるんですよ。軒下三寸下がるウシミツ刻といいますが、このときホコリも下がってくるのです。だから一週一ぺん拭けばよろしい。グラースは毎日、その都度、二度拭きですね。水拭きとカラ拭きと。手すりやドアーノブは毎日磨きます」

●セロリのうす切り

フシギな味がすると思ったら、レモンとショウユの中へおかかを入れ、この中へ二時間ほどつけておくとこのような味になる（おかかとはカンナでけずった花かつおのこと。念のため）

小さい器に小さい魚の干ものがツマミででてきた。ヒラゴといってまいわしの子を煎ったもの。苦みがなくパリパリと音がしてさわやか。これを煎るのは、ねむ気がさすほど時間をかけて焙烙《ほうろく》で煎る。味はあくなき執念からも生まれるようだ。

そういえば東京にマキシムの出来たもっと前からこの店にはフォアグラもあったし、一九六四年には私はここでキャビアも口にした。酒場はお酒さえ飲めればいいんだと勝手に思っていたので、二村さんのそんな苦労もその頃は知らなかったが、そうであれば、二村氏のしていることは美術品のコレクターに似ている。それは私には〝猫に小判〟だったようだ。二村氏にあやまっておく。

この頃やっと、すばらしいアテこそお酒がおいしく飲めるということがよく判ってきた。私はオクテだね。

アテどころか、そこの主人が食べものに全く無関心で乾いた豆ぐらいしかない高級酒場もあるが、心までカサカサして貧しい感じになる。高いお金でお酒をのんで貧しい感じになるなんてナンセンスだ。

私は最後のお皿に出てきた子もちワカメをいい音をさせて舌にまろばせて、豊かな夜を終わった。ワイン中一本。水割り三杯。もう目がまわってきた。

トイレに行ったらトイレの戸にオネスト・ジョンと英語で書いてあった。トイレの中はこれまた夢幻の世界であった。私は酔って言うのではない。ここは大阪は北の新地の宝石館だ。

酒、肴、酒

吉田健一

いつだったか、酒のことを非常によく知っている男が給仕長をしているロンドンのホテルの食堂で食事をしていて、何ともうまい赤葡《ぶ》萄《どう》酒をその給仕長が持って来たのでほめたらば、こういう酒ならば料理なんかない方がいいという返事だったのにはこっちもその通り、その通りと賛成したくなった。もっともそれでは食堂の商売が立ち行かなくなる訳であるが、とにかく、それで見ても解るように、西洋でも酒が本当にうまくなるとつい食べる方がお留守になる。しかしそれで自分は酒飲みだというので満足していられるものかどうかは別問題でうまい酒を飲んでいれば食べることを忘れるのは確かであってもそれが酒を飲むのに最も適したやり方だとはきまっていない。それならば誰も酒の肴などというものを考えはしないはずである。

大体、どこの国の料理でも、それが酒を飲みながら食べるものだということが中心になって作られているので、これには必ず何百年間かの工夫が凝《こ》らされているのであるからそれを食べながら飲んだ方が酒もうまくなるのでなければおかしい。例えば、西洋料理にはこういうことがあって、ブランデーは葡萄で作った酒の中でも王者の地位にあるという感じがするが、これを本当にうまいと思うのは白葡萄酒や赤葡萄酒が付いての一通りの料理を散々食べたあとである。これはある意味では酒の肴ということとは違うかも知れない。しかしそんな時にブランデーがうまいのはそれまでに飲んだ酒や食べた料理の味が、まだ舌に残っているからで、そうするとこれはその味を肴にブランデーを飲んでいることになる。それが酒の肴というものの目的でもある。もっと簡単な例がチーズにウィスキーであって、チーズの味や匂いでウィスキーの味や匂いを引き立てるのであるから、そういう時にチーズがあった方がいい。

それでもと反対したい場合には、こういうことが考えられる。確かに酒というもの自体の味が多くは微妙を極めていて、その上に酒であるので酔うから、酔いながらその味を楽しんでいれば、それ以外のものがなくてもよくなるのは道理である。昔、西園寺公は月夜の晩に、二階に上って酔いの暑さ凌《しの》ぎに真っ裸になり、酒樽を一つ前に置いて一晩中、飲んだという話が残っている。そういう時に肴は余計であり、酒の味が酒の肴にもなる訳であるが、これは旅行をしているか何かして特別にそういうことが出来る場合であって我々の毎日の生活ではそれ程までに酒に義理立てすることはない。やはり食べものと同格で、酒も我々の生活の一部をなしているものでなければ色々な意味で釣り合いが取れず、それで酒と食べものを同格に置くと、食べものの中でそれと一緒に酒が飲めるものと飲めないものがあることになり、そこは自然の妙理で、どうも酒の肴になる食べものの方がならないものよりも食べものとしても上等のようである。

　これは一般に酒の肴であることになっているものを酒抜きで熱い御飯と一緒に食べるとすぐに解ることで、例えば烏賊《いか》の黒づくり、筋子《すじこ》や蟹などの塩辛、各種の漬けもの、それからこのわたに至《いた》るまで、御飯さえよく炊けていて熱ければ、それに添《そ》えてこんなにうまいものがあるだろうかと思う。そして不思議なことに、これはパンにバタを沢山塗ってためしてみても同じことで、このわたでもそうして食べてけっしてまずくない（もっとも、これは生牡蠣を食べる時も同じことでレモンの汁を少しかけた方がいいかも知れない）。

　そうした細々したものの分野では酒の肴にもなる、したがって御飯のおかずにもなるものは実に多くて、ほとんど日本の各地方ごとに何かそこの特産でうまいものがある。ある所の名物だからうまいとは限らないが、例えば琵琶湖の鮒《ふな》鮨、福井の生雲《なまう》丹《に》、金沢の蕪《かぶら》鮨、広島の広島菜、岩国のうるかと、思い出し始めると幾らでも頭に浮んで来る。

それ故に逆に、別に酒の肴と考えられている訳ではなくてもうまいものならば酒の肴になるので前に神戸であの辺の銘酒と一緒に出された明石鯛の刺身の味が忘れられない。

しかしそんなことをいえば、要するに、御馳走《ごちそう》は何でも酒の肴になるのであって、鯛で行けば、神戸から少し先へ行った岡山、尾道辺りの鯛の浜焼きでも、あるいは、これはそれ自体が一種の飲みものであるが、金沢の鯛のこつ酒でも、酒と一緒に出されて嬉しくならないものはない。何も魚に限ったことではなくて、長崎の豚の角煮でも、あるいは金沢の鶏《とり》のじぶ煮でも、あるいはどこでも取れる野鳥の焼き鳥でも、これを肴に酒を飲むことが出来る。勿論、日本酒の話で、日本酒というのが何にでも合うようなのはその作り方にそれだけの工夫がしてあるのに違いない。

恐らく、合わないのはカレーライスというふうな辛い食べものだけで、こういう食べもので飲めるのはビール位のものだから、これは日本酒のせいではない。

しかしとにかく、うまいものならば何でも酒の肴になり、うまい酒にはそれと食べられる食べものがあるはずだということを積極的に利用して酒にも食べものにも工夫を凝らしたのが西洋料理である。一般に、魚介類、および鶏の料理には白葡萄酒、獣の肉および野鳥（雉《きじ》、小綬鶏《こじゅけい》、鴨《かも》、鳩《はと》など猟で撃つ鳥の全部）を使ったものには赤葡萄酒ということがいわれているが、これは自分で判断出来ない時にそうすれば間違いがないという一つの基準を示したもので赤葡萄酒を飲みながら食べるのに鶏の料理がよく合うということも充分に考えられるし、また例えば、シャンパンはどうかというとこれはどんな料理で飲んでもうまいから初めから終りまでシャンパンで通せば申し分ない（もっとも、値段の点は別問題である）。しかし、シェリーその他、食前に飲む酒で始って、魚、肉、野鳥というふうに、白葡萄酒、赤葡萄酒などが入れ替り、立ち替り注がれるのにしたがって運ばれてくる西洋料理というものは酒も食べものも一口ごとに妙味を増す趣向になっていて、たまにはそういう料理が出る集りに呼ばれたいものである。

　例えば、ブルゴーニュ産の赤葡萄酒と野鳥を使う料理の取り合せは酒と食べもののいずれも複雑な味が双方の引き立て役になっていつまでもこの酒とこの野鳥の料理が続けばいいという感じになる。しかしそこが酒というものに対する食べものの限界であって、酒を飲む分には途中で必要な時間だけ眠ることさえ出来れば際限なく飲んでいられるが、食べものの方はそういつまでも食べていられなくて、それで新手の料理が出て来てこっちの食欲を刺戟しその引き立て役に酒も別なものに変る。そして最後にブランデーになって全く天下泰平という気分に浸ることになる。この場合、途中で菓子が出て来ても、これも酒を使って作った菓子で酒の肴になり、その点では西洋料理の方が日本料理よりもあるいは優っているといえるかも知れない。こう書くと、それだけでごてごてしている感じがするのが、実際に本式の西洋料理に当ってみると、むしろ豪奢で、山海の珍味という言葉がそのまま当て嵌《はま》るのである。

そういう飲み方、また、食べ方に馴《な》れた西洋人が少し日本酒のことも知るようになって、例えば、菊正宗、千福、白鹿、賀茂鶴というふうに、日本酒もその醸造元によって味がそれぞれ違うのだから何故、西洋料理と同じやり方でこの料理にはこの銘柄の酒という具合に酒を変えて酒も料理も更にうまくする工夫をしないのかという種類の説を立てたりする。

しかしこれは当っていない。西洋の酒でどんな料理にでも合うのはシャンパンだけであるが、日本酒というのはその点でも非常な工夫がしてあって日本の料理である限りどんなものでも味さえよければそれで飲めるようになっている。つまり、菊正宗と千福の違いというふうなことは色調の問題であって、途中で酒を変えれば、厳密にいえば、色調を乱すことになり、樽で来た極上の菊正宗で飲み始め、食べ始めたならば、終りまでその菊正宗で行くのでなければ折角の気分が壊される。

というようなことをいう時、既にこれはお講釈である。そんなものを聞かされるよりも自分の気に入った肴でなるべくうまい酒を実際に飲む方が、どんなにいいか、これはお講釈をするまでもない。

蜻蛉返り

佐藤垢石

一

私は、呑ん平であるから、酒の肴にはいつも苦労する。うるか、惣太鰹《そうたがつお》の腸の叩き、まぐろのいすご、鱸《すずき》の腹膜、このわた、からすみ、蜂の子、鮭の生卵、鯔《ぼら》の臍《へそ》、岩魚《いわな》の胃袋、河豚《ふぐ》の白精など、舌に溶け込むようなおいしい肴の味を想い出しては、小盃の縁をなめるのである。

そのうちでも、からすみは大好物のうちに属する。長崎からきた上ものならば、もう一本といって女房にせがみ、それでは養生になりますまい、と、たしなめられることさえある。しかしながら、愛好する肴を舌に載せたときの陶然とした気持は、なにごとにも替え難い。

からすみは、鰡の卵から製造するのであるのは、誰も知っている。卵の方は、あれほど嗜酒の徒から賞味されるにも拘わらず、親の鰡の方は、なんであんなにも厄介もの扱いをされるのであろう。想えば、甚《はなは》だ気の毒に堪えないのだ。

二

鰡の味に、あまり人が親しまないというのは、料理法が一般に知られていないからであるかも知れない。一体、東京湾の奥深くの江戸前のように浅い海や、利根川とか那珂川とか霞ヶ浦、涸沼など淡水へ溯《さかのぼ》り込んだ鰡と、江の島まわりや小田原海岸、南伊豆のような外海で漁《と》れる鰡とは、味が異《ちが》うのである。外海に棲む鰡の方が、泥臭い味が尠《すくな》いのである。けれど、いずれにしても処置の方法によって、臭みを去ることができる。

どこが臭いのかというと、血液と腸なのである。だから、鰡を釣ったならばまだそれが死なぬうち、頭を竪に、庖丁《ほうちょう》で深く割る。そして逆さに吊るして、躰内の血液を悉《ことごと》く絞りだしてしまうのだ。次に、腹を割いて腸をきれいに洗いだす。そのとき、臍と称するところは、棄てないで取って置くのだ。

かくすると、臭みが去る上に、いつまでも鮮味を保つこととなるのである。腹を割いたならば、そこへ一塩をなすって置けば、一層よろしい。これを家へ持ち帰って、鱗を払い三枚に下ろして、直ちに刺し身に作ってよろしいのである。

食べるとき、醤油《しょうゆ》のなかへ橙酢か姫柚子の一滴を落せば、素晴らしく味が結構となるのだ。また一夜、一塩に漬けて置いた鰡を、翌日風干しに干して、焼いて食べると、甚だいける。先《ま》ず、鰡を腹の方から開いて、骨付のまま塩水に漬け、翌朝塩水からあげて一旦真水で洗い、これを干すと美しい艶に干しあがるのだ。

九州では、小鰡《いな》を塩漬にし、さらに押し酢にして、鮨に作ってこれをいな鮨と唱えているが、これは京都の鯖鮨に似て、随分おいしく食べられる。そんなわけで、先ず鰡のからだから、臭みを除き去れば、どのように料理してもおいしく食べられると思う。

三

からすみは、九州の五島附近で漁れた鰡の腹のなかから、卵だけを抜き去ってこれを長崎で加工したものが、一等品と称されている。二等品は、台湾海峡でとれたもの。三等品は秋田県地先の日本海でとれたものである。からすみを作るには、加工の方法に秘訣があり、それによって品質の高下を生ずるものらしいが、最も大切であるのは、卵が若いものであるか、既に熟しきったものであるかによって差が生ずるのである。

一等品である長崎ものは、若いまだ充分して卵巣が発達していないものである上に、加工が上手であるから、肌がなめらかで艶々とし、質に軽い脂肪を含んでいて、歯に絡《からま》るほどのねばりを持っている。台湾産のものは、それより少し卵の粒が大きいが、秋田産になると粒の大きさが鱈子ほどにもなっていて、舌ざわりがざらざらしている。そして、加工が上手でないから、艶の上りがまことに鈍い。

四

さて、鰡は一体どこへ卵を産みに行くかという問題である。それはまだ学界でも分っていぬらしい。しかしながら、産卵場を求めて長い旅行をする途中だけは、昔から分っているのである。

その旅行の途中というのが、九州の五島沖、台湾海峡、秋田地先の日本海である。五島沖を通過する子持鰡の大群は、日本海や北支那海の方から集ってきて、太平洋の方へ行くのであろうといわれている。台湾海峡を通過するのは、中支方面の広い海に数多く棲んでいる鰡が、大群をなしてバシー海峡を経て南太平洋の方へ行くのではないかといわれているし、秋田県地先を通るのは日本海の奥や、オホーツク海の方からくるらしいというのだ。

してみると、太平洋の沿岸方面を通過する鰡群がいないことになる。従って、東京や東海道方面で、からすみをこしらえる話を、あまり耳にしないのである。少くとも、広くは世間に知られていない。

五

ところが、やはり太平洋沿岸方面にも、子持鰡の群が通過する場所は分っているのだ。それは伊豆半島の南端石廊岬から大瀬あたりへかけての海である。この辺へくる鰡は、北日本の方から次第に下ってきて、房州から東京湾あたりの群を集め、さらに相模湾を加えて伊豆半島の東岸を南下、下田から駿河へ向って、西に曲るものと見える。

そして、この群が下田から西に向うと、あの海岸線に沿うて冬の海を次第次第に旅行するのだが、鰡という魚は妙な習性を持っていて、海岸線に従って克明に旅行する。だから入口の狭い湾に出会うと、その入口からなかへ入って、湾内を一週し再び狭い入口を出て次へ次へと海岸線へ沿うて歩くのだ。

その習性を捉えて、南豆長津呂の漁師は、鰡が湾内へ入ったと見ると、狭い入口を網で塞いで外洋へ出られぬようにし、これを根こそげ掬いとるのである。けれど、なかなか以て漁師の計画通りにはゆかぬ。

鰡は、随分要心深いのだ。大群は、いきなり盲《めく》ら滅法界《めっぽうかい》に湾内へ泳ぎ込んでくるのではないのである。恰《あたか》も規律ある軍隊が、行軍するように、先ず先頭に一尾の鰡を泳がせ、次に三尾の一群、次に七尾の一群、次に十五尾の一団という風に、前衛を遠く泳がせて本隊はあとの方から、警戒充分の態勢を取って泳いでくる。

そこで、先ず一尾の前衛が湾の入口へ泳ぎついて安全とみれば、湾内へ入る。続いて第二軍三軍が入り、最後に本隊が入るという順序になるのだけれど、若《も》し些《すこ》しでも物騒と見れば、沖へ逃げだして湾内へは入らない。もち論本隊は、軽挙を慎しむのだ。

六

漁師は、鰡の大群の進行振《ぶり》を山の上から監視しているのである。うまく、鰡の大群が湾内へ入ったとなると、入口に張って置いた網の引手を引いて口を締めてしまい、そこで盤木か鐘を鳴らして、村中の漁師に報《し》らせることにしている。

だが、鰡の方が一足先に山の上にいる番人の姿を発見すると、彼等は一目散に逃げだしてしまうのだ。湾口の網を締める遑《いとま》のないほど、早い速力で姿を晦《くらま》してしまう。なぜそんな素晴らしい速力を持っているかと言うと、鰡は他の魚に殆《ほとん》ど類を見ないというトンボ返りの術を知っているのだ。どんな魚類でも方向転換するとき、いかに急いだからと言ったとて、一度前方へ半円を描かないと、後方へ頸を向ける動作はやれないのである。

ところが、この鰡君はそんな手数をかけない。物に驚いて、逸走の動作に移るとき、からだをそのまま、トンボ返りと言うのか、角兵衛の翻筋斗《もんどり》と言うのか、惰勢に支配されないでうしろへくるりとまわり、勢い込めて逃げるからだ。

七

この魚と同じに、トンボ返りのやれる奴は、九州有明湾に棲んでいるムツゴロウという沙魚《はぜ》の一種だけであると、私の友達が話したが、果してどんなものだろう。

湾内へ泳ぎ込んだ鰡群を首尾よく漁ると、漁師はそのうちから、腹に卵を抱えているものだけを択《えら》びだして、沼津へ送るのである。沼津には、技工秀逸なからすみ製造工場がある。そこで、卵を立派なからすみに仕上げて、これを長崎へ移出するのだそうだ。

長崎ではそれに長崎産の商標を貼って、全国へ売りだすのであるという。ちょうどこれは、桐生や足利産の丸帯やお召を、一度京都へ運んで行って、これを西陣織として商標を貼るのと同じであろう。

近年、九州の五島あたりは、鰡の通過が少くなったために、こんな手段をやるらしいのだが、沼津製のからすみが、そんなに上等であるならば、沼津産は沼津産として売りだしたならば、よろしいではないか。

それは、ともかくとして伊豆半島からさらに西へ行った鰡群は、どこを目ざすのか。それが、分らない。石廊岬の突端で、姿を没した鰡群は駿河湾の真ん中へ出てしまうのか、それとも伊豆七島の方の太平洋へ旅するのか、仲木や松崎の方へは姿を見せないという。

なんとなく、からすみで一杯やりたくなった。

干物と酒 —さまざまな干物と酒の取り合わせを考える

古谷三敏

「最高の酒の肴とはなにか」

というような設問を、われわれ人間は、好む生き物のようであるが、それではこれを、マジに受けとめて、いったい、最高の酒肴とは、どのようなものを指すのであろうか、と考えるとき、小生はいつぞや、知り合いの編集者がのべたことばを、ついつい思いだしてしまうのだ。

そのとき、その編集者は、まったく同一の問いを、小生に呈したのち、つぎのように、声をひそめて、のべたものであった。

「あんた、最高の酒の肴は、おコメですよ。つまりね、ごはんつぶを、ひとつぶずつつまんで、味わいながら、お酒を飲むってのが、最高なんですよ」

なるほど、と確かに、思い当たるふしがあった。小生がまだ幼少のみぎり、わがふるさとの名うての酒飲みたちは、これに等価なせりふを口にしながら、じじつ、そのとおりに、実行していたからである。

優れた酒肴は、それ自体、淡白な味わいに終始して、決して酒のじゃまにならず、にもかかわらず、ひとたび深く味わう気になれば、無限の拡がりを有するものである、というのが、その根拠であったのだが、なにしろ当時は、食糧事情の劣悪な時代。案外、ごはんが、すばらしいご馳走《ちそう》であったのかもしれないのだ。

けれども、わがふるさとの宴席は、その最後が、壮烈カレツな終結を迎えるのが、つねであった。いならぶ男どもが、茶わんに山盛りにしためしに、冷や酒をぶっかけ、それを茶づけとおなじようにして、いっせいに、かきこむといったしだいだったからである。

「これを食えなきゃ、一人前の酒飲みでねえ」

というのが、彼らの決まって口にする、おことばだったのだが、後年、成長した小生も、何度かこれに挑戦。そのたび、一人前の酒飲みになることを、断念せざるをえない破目《はめ》に、おちいったのであった。とにかく、これは、どうがまんしようと、食えたしろものではないのである。

あの時代のあの人たちは、ほんとうに酒づけを、うまいと思っていたのかどうか。

なにしろ、その結果、悪酔《あくすい》におちいると、有効な手だてがなく、ほうきを枕に寝るのがいちばんということで、何人もの一人前の酒飲みたちが、ほうきを枕に、ゴロゴロと、前後不覚に、寝ていた時代の話なのだ。

さて、今日の小生は、最高の酒肴を問われたならば、文句なしにデキ愛するのは、干物だと、そこはストレートに答えることにしよう。このわが同胞が創出した一大レパートリーは、メシのおかずになりにくい、いわば余剰部分に属し、しかも、そのラインナップの豊富さといい、酒のじゃまにならない素直さといい、なおかつ、味わいの深さのしたたかさといい、これはまさに、酒肴界きっての逸材の名にふさわしい世界なのである。

最も素朴なところでは、ミガキニシンの活用法を、ご存知であろうか。比較的固めに干しあがったミガキニシンを、布切れかなんぞで、ちょいとふいて（むかしは、新聞紙でふいたものであった）、皮をむきながら、アグリと丸ごとかじりつく。これをしも、不衛生だなどというなかれ。あなたがひとたび、口中に拡がる、バーバルなうま味を味わい、さらには、独特の油性のしぶ味を、たんのうしたのち、これをグッと、冷えたビールで、流しこむ瞬間を経験したならば、衛生などという観念は、ピンホールのあいたゴムのように、無価値なものになりはてるだろうからである。

きょうび、生食に適する、上出来のミガキニシンに遭遇することには、若干の問題があるにしても、これはぜひ試みていただきたい酒肴中の酒肴なのだ。なお、このニシンを一昼夜、コメのとぎ汁につけ、そののち、水気を切って焼いたものは、これまた酒の肴として絶品。これの適応範囲は広いのだが、たとえば、イモ焼酎のお湯割りに、こよなく合ってくれるのである。

しかし、干物界で、最も幅広い人気をえているものは、カレイによる一群であろう。ヤナギガレイ、アカガレイ、ムシガレイの一夜干しを、浅く焼いたものは、辛口のさわやかな清酒でこそ、味わってやりたいものであり、なかでも、京都は錦小路あたりに並んでいる、一匹二千円もする若狭ガレイや、福島県は久之浜なる漁村から送ってもらう、ササガレイともなると、これはもう、いずまいを正して食し、しかし酒のほうは、宮城県の「浦霞」、石川県の「大日盛」といったような、誇り高き地酒の、しかも二級の冷やを、所望したいところなのだ。

このカレイには、北海道にアブラガレイを始めとする多彩な産品があり、なかでも、小ぶりでカリッと干しあがった一品なぞは、サッとあぶって、包丁で手ごろに切り分け、冬の夜などに、しみじみウイスキーのオンザロックや、水割りなどでつまんでいると、これまたしみじみ、人生のわびしさなどがこみあげてきて、そこはかとなく、いいものなのである。

おなじく北の方で、シシャモ、ハタハタといったたぐいになると、これはビールや、発泡性ワインが適する領域に思われる。この事情は、コマイ、タラ、ヒメダラ、および九州は、トビウオの子を干した、アゴの場合にも変わることはなく、冬の夜のビールが、いちばんうまく感じられるのは、こうした肴があるときなのだろう。

北の方のついでにいえば、シャケの干物が、なかなかである。これには、皮つきのまま、細い棒状にしあげたものと、薄腹の骨などをそのままに、大きく輪切りにしたものとの、2種類があるのだが、いずれも貝柱の干物とともに、珍しくブランデーに適応する領分で、これは洗練されたコニャックよりも、むしろアルマニャックや、アルメニアブランデーあたりに、よりふさわしい世界。食後、これらをつまみに、チビチビ飲んでいるのは、存外に悪くないものなのである。

デリケートな味わいの点では、最高位にくるであろう、小フグの一夜干しは、ブルゴーニュの辛口の白、できればシャブリを選びたいところで、これは理想の組み合わせのひとつだろう。アマダイ、キンキ、メバル、カマス、エボダイの干物なども、珍重すべきものであって、これには、清酒以外では、おなじく白ワインながら、ブルゴーニュよりは、モーゼルあたりが威力を発揮してくれる。

高知県を中心とした、1本釣りで釣りあげた、ぜいたくなウルメと、ヒイラギ科の小魚であるニロギとは、九州のキビナゴとともに、これまた、うれしいレパートリーなのだが、これらはまさに、オールマイティ。度数の高い泡盛のみか、ジンやウオッカのストレートにまで、文句なしに適合してしまうのだ。

日本固有の発酵アミノ酸のかたまりともいうべきクサヤは、単に干物のみならず、わが国の食品中でも、一方の頂点を形成するものであろうが、なかですごいのは、初夏の産卵直前のトビウオと、秋のムロアジの、それぞれ、一夜干しのクサヤであることには、おそらく異論がないところ。これがボルドーやブルゴーニュの赤に合うのは、いずれも、くせの強いチーズに似たものであることを考えあわせれば、べつに不思議はないのかもしれない。

この点は、ナマコのコノワタを干しあげたクチコや、石川県の、巨大な寒ブリを三枚におろして干しあげた、イナダと称する干物の場合にも同様であろう。これくらいすごい世界ともなると、醸造酒であれ、蒸留酒であれ、なんにでも合ってしまうところがあって、たとえば吟醸酒や、サッポロヱビスのような特製のビールや、最もデリケートなレベルのワインなどに、付き合わせることにも、なんら不都合はないのである。

最後に、干物には目のない、小生の失敗例をのべれば、ヤツメウナギの干物なるものを、買ってきたときのことであった。これはもう、どのようにして食べても、うまくはなく、購入先の乾物屋に問い合わせたところ、それはサンショウウオの干物などとおなじく、薬用なのであって、目の薬として、売られているものだということであった。なお、念のために、つけ加えれば、サンショウウオの方は、寝小便の薬です、ということなのであった。

おからでシャムパン

内田百閒

お膳の上に、小鉢に盛ったおからとシャムパンが出ている。

シャムパンはもう栓が抜いてある。抜く時は例のピストルの様な音がして、抜けた途端にキルクの胴がふくれるから、もう一度罎《びん》の口へ差し込む事は出来ない。だからあらかじめ代りの栓を用意して、杯と杯の間はその栓で気が抜けない様にする。そう一どきに、立て続けに飲んでしまうわけには行かない。

お勝手で家の者がごとごと何かやっているが、お膳の前は私一人である。だれも相手はいない。猫もいない。尤《もつと》も猫がいたとしても、お膳の上がおからでは興味がないから、どこかへ行ってしまうだろう。

相手がいなくても、酒興に事は欠かない。コップを二三度取り上げる内に、すっかり面白くなって来るから面白い。頭の中がひどく饒舌で、次から次へといろんな事がつながったり、走ったり、不意に今までの筋からそれたり、それたなり元へ戻らなかったり、そこから又別の方へ辷《すべ》ったり、実に応接にいとま無しと云う情態になる。傍にだれもいない方が面白い。

シャムパンの肴におからを食べる。

おからは豚の飼料である。豚の上前をはねてお膳の御馳走にするのだから、いつでも食べたい時に買いに行けばあると云う物ではない。少し遅くなると、もうみんな豚の所へ持って行ってしまって、豆腐屋の店にはなくなっている。その以前に馳けつけて、少少お裾分けを願う。

おからは安い。十円買うと多過ぎて、小人数の私の所では食べ切れないので、この頃は五円ずつ買って来る。

五円のおからでも、食べ切るには三晩か四晩かかる。

冷蔵庫から取り出したのを暖めなおしたのよりは、矢張《やは》り作り立ての方がうまい。

今晩そこに出ているのは、出来たてのほやほやである。中に混ぜた銀杏《ぎんなん》もあざやかな色で青青している。

盛った小鉢から手許《てもと》の小皿に取り分け、匙の背中でぐいぐい押して押さえて、固い小山に盛り上げる。おからをこぼすと長者になれぬと云うから、気をつけてしゃくるのだが、どうしても少しはこぼれる。その所為《せい》か、いまだにいろいろとお金に困る。小皿のおからの山の上から、レモンを搾《しぼ》ってその汁を沁ませる。おからは安いが、レモンは高い。この節は一つ九十円もする。尤も一どきに一顆まるごと搾ってしまうわけではない。

酢をかける所をレモンで贅沢《ぜいたく》する。それでおからの味は調っているが、醤油《しょうゆ》は初めから全く用いない。だからおからの色は真白で、見た目がすがすがしく、美しい。

私は食べてよろこんで賞味する方の係で、作る側の手間、手順、面倒は関知する所でないが、大分骨が折れる様である。

先《ま》ず五円でボールに山盛り買って来たおからを、水でごしごし洗うのだと云う。

そんな事をすれば、折角《せっかく》のおからが流れてしまうだろうと云うと、じかに水に入れるのではない、布巾にくるんで、その外から揉むのだそうで、その上で水を切ったおからを、今度は小鳥の摺《す》り餌《え》をつくる擂《す》り鉢にうつし、れん木でごりごり摺る。

それから漸《ようや》く味附けに掛かる。淡味を旨とし、おからに色がつかない様に気をつける。その為に、いろんな物を入れて混ぜる事は避けるが、この頃はまだ去年の秋の新らしい銀杏が手に入るので大概いつも入れているけれど、その外にはどんな物が適当か。もうよしましょう。おからの調理法を説くのは私の任にあらざるが如し、前稿の節煙の話とは事が違う。

お膳の上のおからに戻り、箸の先で山を崩して口に運ぶ。山は固く押さえてあるから、箸の先に纏《まと》まった儘《まま》で、ぼろぼろこぼれたりはしない。又レモンの汁が沁みているので、おからの口ざわりもぱさぱさではないが、その後をシャムパンが追っ掛けて咽《のど》へ流れる工合は大変よろしい。

そろそろ頭の中が忙しくなるにつれ、そもそも豚は人の余り物を食う立ち場にいる筈なのに、今はこうしてそのお初穂を私のお膳に割愛してくれた、と考えた。更に溯《さかのぼ》れば、おからは人間が食う豆腐のかすの余り物かも知れないが、豚は豆腐とおからとどっちを選ぶだろう。私が豚だったら、おからの方をいただく。そうだろう、豚諸君、おからの方がうまいね。おからの成分は豆の皮であり、何物によらず皮のすぐ裏側はうまいにきまっている。

郷里の町外れの土手道に、五右衛門をゆでる様な大きな釜を据え、しじみを一ぱい入れてぐらぐら煮立てた。

いいにおいがするので起《た》ち止まって見ていると、その内に釜の中へ棒を突っ込み、煮上がった蜆《しじみ》を引っ掻き廻して、貝と中身を別別に離した。

同じ事を何度も繰り返しているのだろう。すでに身と貝殻とを別別にしたのが道ばたに積んである。

それでどうするのかと思うと、うまそうな剝き身を空俵に詰め込み、豚の飼料にするのだと云う。

勿体《もったい》ないと思ったが、中身は余り物であって、いらないから豚にやる。いるのは殻の方で、近くに出来たセメント工場に殻を売るのが目的であった。豚のおからの上前をはねる様に、しじみの剝き身の上前を失敬して来ればよかったが、昔の話で残念ながら間に合わない。


友人の家におめでたがあって、その披露宴に招待された。

出たくもあり、また出なければ済まぬとも思う。

しかし午餐なので、私にはその席に間に合う様に支度する事は困難である。

困難と云うよりは全然見込みはない。

なぜと云うに、皆さんが目出度《めでた》く集まって来るその時刻には、年来の習慣で私はまだ寝ている。

時には起きるのが遅くなる日もあると云うのだったら、そう云う特別の場合は奮発してもいいが、そうでなく堂堂と、平安に寝ているので、決して惰眠《だみん》をむさぼっているのではなく、つい寝過ごしているわけでもない。だからそれを無理に起きたり、起こされたりすれば、気分が悪くなり、面白くなくなり、お目出度い席へ出て、お目出度い顔なぞしていられない。

世間一般の人さまと寝起きが食い違うのは不便な事もある。しかし、だからと云って皆さんを私のする通りに寝かしておくわけには行きにくい。多勢に無勢、止むを得ないから、食い違った儘で起きている皆さんの立場を通し、私の方が譲ってお仲間からはずれる事にする。

即ちその午餐の披露宴には不参の御挨拶をした。

それで私は行かない事にしたが、しかし顔を出さなくてもお祝の微衷《びちゅう》は示したい。

考えていて、いい事を思いついた。その席へシャムパンを贈呈しよう。

シャムパンは高い。

高いからその甲斐があり、そうする張り合いがある。

先ず予算を立てて見なければならない。幸いその披露宴の会場は、私の知っているホテルであり、懇意なボイがいる。彼を電話に呼び出して色色尋ねて見た。

当日の出席人員は幾人なるか。一本のシャムパンは幾人に注げるか。

それで大体の見当はついた。どうも非常に大変高い。

高くとも一たび思い立った事だから、実行したい。

ところがその友人には、先年私の家に困った事があった時、迷惑を掛けたのが、まだその儘になっている。

今度思い立ったシャムパンを実行すれば、その代金はまだ残っている不義理の数字より上になる。

そんな怪《け》しからん祝意の表し方は、ある可《べ》きではない。自分のつもりの中で自粛するを要する。

昔、私は学生航空の餓鬼大将となり、飛行場に出て学生の演練を監督した。練習機は会長たる私の名儀であり、時時のオーヴァホールの後、逓信省航空局から出る堪航証明書も私の名前で下附される。

新らしく堪航証明書が下りた時は、船の進水式になぞらえて進空式を挙行する。

進空式には飛行機の機首にシャムパンを振りかける。

その縁起に使ったシャムパンは和製であって、振りかけた残りは会長たる私が、職権に依《よ》り飲んでしまったが、あまりうまくはなかった。

しかし、それは昔の話で、その後の日本の進歩と今日の贅沢を考え合わせれば、飛行場で味わった和製のシャムパンが、当時の儘でいる筈がない。

ホテルのボイの意見を聞いて見ると、よく宴会にも出されて、国産は国産なりの役目を果たしていると云う。

国産三鞭酒《シャムパン》、これを以って当日のお祝いに充てるときめた。

初めに考えた本場のシャムパンの、大体三分ノ一程度のお金で済んだ。

安かったけれど、うまかったか知ら、といくらか気に掛かる。御馳走によばれて、財閥の倶楽部で飲んだ本場のシャムパンのうまかった事。又つい少し前、今度のこの同じホテルで抜かした、矢張り本場のシャムパンの実にうまかった事。しかし、高いのは覚悟の前であったが、その覚悟の目の玉が飛び出す程高かったので、高かったが故に後味が一層うまかった様な気がしたりしたが、国産の和製品はいかがなりしか。

考えている内に思えらく、人に物を差し上げて、差し上げた本人なる私がその味を知らぬとは、これは、何と云う不都合な話だろう。本来なら、先ずこちらであじ見した上で差し上げる可きではないか。済まぬ事をした。済まぬ、済まぬと悔い改め、早速近所の酒屋にその同じ銘のシャムパンを誂《あつら》えた。国産品だからその辺の酒屋ですぐ間に合う。

就いて試るに、大変うまい。そのうまさに驚くばかりうまい。練習機の機首に振り掛けたのは昭和の初めの頃であったが、遠くなったと云うのは明治ばかりではない、昭和の初めももう遠い。あの時のあんな味は、時の流れに洗い流され、今日の味は正にかくの如きか。感心の余りがぶがぶ飲んだ。それが病みつきとなり、しばしば食膳に金紙の頸巻きをした罎が伺候し出した。

これに依っておからとの出合いが始まる。

おからとシャムパンの併進を述べるつもりで、その文題を掲げたが、進行中に両者離れ離れになってしまった。更に一章を設けて食っつけてもいいけれど、もうやめときましょう。ただ、山盛り一ぱい五円のおからと、高価なシャムパンと、その話かと思ったら、何だ和製か、と馬鹿にしてはいけない。税関を通らないから本場のよりは安いが、安いと云っても矢っ張り高い。いくらおからをこぼさぬ様意を用いていると雖《いえど》も、こうしげしげとシャムパンが顔を出しては、長者にはなりにくい。

シウマイ弁当de缶ビール

久住昌之

東海道新幹線にひとりで乗るときの楽しみは、崎陽軒《きようけん》のシウマイ弁当でビールを飲むことだ。絶対、と決めてるわけじゃないけど、迷ったらシウマイ弁当。

東京駅で買って、新横浜を過ぎたら食べる。晴れていたら、富士山が見えるあたりまでガマンして食べる。曇っていて見えなかったら、残念がりながら食べる。

崎陽軒のシウマイ弁当の完成度には、何度食べても感心させられる。

昭和二十九年発売の関東駅弁界の定番。

シウマイ弁当と謳《うた》いながら、弁当箱の約半分を占めるオカズ部に、シウマイは小ぶりのものが五個のみ。あとはキラ星のごとく様々なオカズがひしめき合っている。これをつまみながらビールを飲むのが旅の楽しみの序章だ。

シウマイ弁当は「冷めてもおいしい」ことを前提に作られている。だからこれを家でやるのもよい。春なら、公園でやるのもよい。変なほか弁なんか、目ではない。

まず、シウマイ一個一個に醤油《しょうゆ》をたらして、さらに練りカラシを上に黄色いグリンピースのごとくチョンチョンチョンとつけていく儀式で、宴《うたげ》は始まる。

グリンピースはシウマイ本体の中に埋没している。俺のこの儀式を見越してか？バカな。いやひょっとしたら、ひょっとしますぜボス……って一体誰だよお前！

これが終わったら缶ビールをプシュッと開ける。開会宣言だ。

まずはビールをグビビッといこうや。アルミの口当たりがニヒルだ。

そしたらまずはシウマイだ。冷めてもおいしい秘密はホタテにあるらしい。たしかにウマイ。この冷めた歯触り、噛《か》み心地がよい。噛んでて出てくるコクがよい。んで、もうごはんいっちゃう。オカズがこんなにあるのに、もう。

食べやすいように、ひと口ずつ小分けしてあって、ごま塩がチョンチョンとそれぞれに振ってあって、心憎い。これがまた冷めていてもおいしい不思議なごはん。

このごはんに比べたら、ほか弁なんて、あーた、あったかけりゃそれでありがたいと思ってる古臭い人間の考える弁当っすよ。って、ほか弁が悪いわけでも嫌いなわけでもないっすよ。

でね、マグロの照り焼きってのが入ってるんだけど、これが崎陽軒のシウマイ弁当以外ではどこでも食べられない独特のもの。ウマいんだ、ちょいとジャンクで。水分が抜けてて、みっしりと固くしょっぱめで、肴になる！　これが食べたくてシウマイ弁当買って、ほか全部捨ててる人がいるらしい。っているかそんなもん!!

それから竹の子煮。シブイ。ばあちゃん味だね。こういう地味なものを忘れないところが優しい。サイの目に切ってある。仕事が丁寧。ビールによし飯によし。んで、鳥の唐揚げの小さいのまで入ってるんですよ！　この小ささがまた私の想像力を掻《か》き立ててやまない。

「そんな小さい肉なら入れなくていいよ」

という若い二代目に対して、

「小さくても、やっぱり肉を、肉そのものを噛み締める喜びを残しましょうよ、社長」

という、部下の客に対する細やかなおもてなし心を感ずる。戦後派の気持ちを思いやる配慮というか。たしかに、この小さな唐揚げがあるかないかで、弁当箱の風景が変わる。風景とは大きく出たな俺。

そして彩りスタッフとして、カマボコと卵焼きも入っている。

しかも、どうせ飾りだろ、なんてなめてかかって食べてみると、ドッコイこれが予想を越えて真っ当においしいときたもんだ！

ボコちゃんタマちゃん、才色兼備のカワイコちゃんコンビ！　むふふ、そこの御仁、鼻の下が長くなってますぞ（↑この言い方、めっちゃオッサン）。

さらに、切り昆布《こんぶ》と紅ショウガが、コーナーを固め、小梅がごはんの中心をキリッと引き締めてる。

どうですこの月刊漫画ぼくらの豪華九大付録、じゃなくて（お前いくつだ！）崎陽軒のシウマイ弁当が誇る九大オカズ！　圧巻は十品目を飾る緋《ひ》色《いろ》の干しアンズの存在！

干しアンズはちょっと思いつかない。シウマイ弁当に干しアンズ。まるで謎掛《なぞか》けのようだ。

師、問う。焼売《シウマイ》に杏《あんず》とは如何《いか》に。

デザートというか、口直しと考えるのが順当だが、正しい干しアンズの使い方、まだボクはわかっていないのかもしれない。答えは、友よ、風に舞ってる。

このたくさんのオカズとごはんを、どこからどう食べ進むか。どう攻めるか。どういうダンドリで俺の腹に収めるか。どういうバランスで、ビールと対峙《たいじ》させていくか。こういう場合、ごはんも肴の一品だ。つまり、それは……、

「シウマイ弁当と缶ビールの鬩《せめ》ぎ合いだ！」ドドーン！（波が岸壁に当たって砕け散った音）

……どこかで聞いたような台詞《せりふ》だな。って三十年前のデビュー作だよ!!

弁当箱を俯瞰《ふかん》して、今回の攻略作戦を立てながら飲むビールのウマいこと。

食べながら、時局を読み、作戦を変更するのもよし。

最後、ビールを飲み干したら、空の弁当箱の中央に、ポツンと干しアンズが残っているというのもカッコイイ。「ふふ」と笑って、ポンと口に放り込む。

シウマイ弁当はいつも褒《ほ》め過ぎちゃう。でもシウマイ弁当の箱のコピーは、

「毎度有難うございます」

と、小さくたった一行あるのみ。謙虚。でもさわやかな自信と誇りを感じる。こういう人に私はなりたい。

アジのヒメノ式―上戸と下戸のあいだに流れる深い川

姫野カオルコ

「女性に人気！」は不適切表示

はじめて入った店。てきとうに入った店。注文するときのコツは？
「女性に人気！」と書かれているメニューを避ける。
「女性の方に人気がありますね」と店の人が言ってくるメニューを避ける。
するとハズレをひかない（ことが多い）。
飲食店における「女性」は、性別ではないからだ。

- 酒がまったく飲めない
- 酒がそんなに飲めない
- 酒に弱い

こういうふうな体質のことを、飲食店（とくに居酒屋）では、どうしたわけか「女性」と表現する（ことがよくある）のである。

困るよね。こういうふうな体質のことは、古くより「下戸（げこ）」と日本人は呼んできたはず。反対の酒飲み体質のことは「上戸（じょうご）」と。

ここに上戸がいたとする。性別は女性だったとする。店に入ったとする。メニューに〈女性に人気！　めかじきのソテー〉とあったとする。「女性」を性別のことだと素直に受け取り、注文したとする。すると結果は？　大ハズレな確率が高い。生クリームたっぷりの甘ったるいソースのかかった魚が出てきたりするのだ。「なんだこれは。めかじきのアイスクリームがけなのか？」と驚いても、時すでに遅し。酒をまずくする肴を口に運ばねばならぬはめに。

飲食店（とくに居酒屋）で、〈女性に人気！〉とメニューに書いてあったら、〈下戸に人気！〉と変換するとよい。「女性の方に人気ありますね」と店員さんが言ったら、「お酒がそんなに飲めない方に人気ありますね」と変換するとよい。……っていうか、はじめから、ちゃんとそう書いたり、言ったりしてくれよ。

〈酒をそんなにお召し上がりにならない方に人気、めかじきのソテー〉

とメニューにあったら、上戸（酒飲み）は、「じゃあ、これ」と注文しないし、「じゃあ、これ」と注文する人は、クリーミーなソースのかかった魚が出てきても、「ふむふむ」と納得する。

種族としての日本人には、酒がそんなに飲めない男性もたくさんいる。欧米人より下戸の数は多いのである。

下戸の男性は、「ゴーヤのポン酢がけ」とか「谷中ショウガの味噌添え」とかより、「ごま付き大学芋」を注文したいだろうに、〈女性に人気！　大学芋〉などと表示してあったら注文しづらいではないか？

酒が飲める飲めないは、体内酵素などによる体質なのだから、意志や根性、それに性別でどうこうできるものではない。

味の好みが根本的にちがう

ある人気漫画。レシピ紹介をメインにした漫画。知人におもしろいからと勧められて読んだ。漫画作品としては文句はない。ところがどの回も、作ってみたくはならない。

「この漫画家さんは、酒を飲まれないのではないか？」

と思った。版元の編集者を通じて、その漫画家の担当編集者に訊いてもらったところ、「えっ、よくわかりましたね。全然飲めなくはないけど、缶ビール一本くらいです」

との答え。

下戸（缶ビール一本くらいが限度な人も下戸とする）は、あたりまえだが、酒に関心がない。食事のさいには、酒のことは頭にない。

いっぽう上戸は、酒に関心が大いにある。上戸は食事のさいには、酒のことがまっさきに頭にある。

- 酒と合わせておいしい料理
- 酒を飲まずに食べておいしい料理

この二つはちがう（ことが多い）。

食べることへの情熱は同じでも、上戸と下戸では、味の好みが根本的に違う。オリジナルメニューを考案するにしても発想が根本から違う。

上戸は酒といっしょに食べておいしいように、まず考える。下戸は、ごはんと食べておいしいように、まず考える。

イタリアンでもフレンチでも昔なつかし洋食屋さんでもお鮨屋さんでも、パスタをフォークに一巻き二巻き、お肉を一切れ二切れ、シチューをスプーンに二口三口、にぎりを一カン二カン、食べてみれば、「あっ、ここのシェフ（板さん）は下戸だな」と、たちどころにわかる。おいしい・まずいの差ではなく。

上戸と下戸のあいだには深い川が流れている。

典型的なのが、「アジのヒメノ式」だ。

アジの代表的料理だ。

「だ、って言い切っているけど、どういうの？」と首を傾げるのは当然だ。自己申告のネーミングだからだ。ミツカンやキッコーマンにレシピを送って「アジにかけるヒメノ式ドレッシング」とか「アジ用ヒメノ式たれ」などといった商品名で販売しませんかねという企画を投書しようかと思ったが、長期保存ができないので断念した。

この食べ方を思いついてからは、この食べ方でないとアジの刺身を食べるのはイヤだ。だから、鮨屋や和食店では、アジの刺身は注文しないことにしている。

読者の皆様には感謝をこめて、秘密のレシピを明かします。カンタンです。

上戸のレシピはカンタンでないとならない。「飲みたい」と思ったときに「ハイッ」と快速で肴が出てこないとイヤなのが上戸だ。

では「アジのヒメノ式」を作るのに用意するもの。

- 新鮮なアジの刺身
- うすくち醤油《しょうゆ》
- すだち
- シソ油（＝ｎ３系オイル。摂取したほうが体にいいがなかなか摂取できない、脂肪酸を多く含むｎ３系オイルのうち、アマニ油よりシソ油のほうが香り的に上戸向き）

次に作り方（二人分）。

①すだちを半分に切る。

②各自の小皿で、半分のすだちを、おろしがねでおろす。ここで大注意！　しぼらないで下さい！　しぼらず、皮のほうをすりおろす。

一人につき、すだち半個分。果肉は、ちょっとくらいまじってＯＫ。残った果肉は別の容器にいったんとっておく。

③シソ油を小匙1／3くらい（厳密でなくてよい。ようするにほんのちょっと）②にたらす。うすくち醤油も小匙1くらいたらす。こいくち醤油は不可。ぜったい、うすくち醤油で。

できあがり。

このソース（たれ？）を、アジの刺身につけるというか、ちょいのせするというか、和えるというか、まあ、てきとうにして食べる。

かれこれ十五年ほど前にこのやり方を思いついて以来ずっと、アジの刺身はこれで食べている。

カンカン照り。夏の暑い日。そろそろ夕方。キンキンに冷えたビールをプシュッと開けて、この「アジのヒメノ式」で飲む。

「あーッ」

「クーッ」

一人で部屋で唸る。ビールにぴったりだ。熱愛で結ばれたビールとアジってくらい、抜群のマリアージュだ。

そうそう。②の段階で、果肉がちょっと残っているね。これは食後にデミタスカップに入れて、お湯をそそいで、ちょっとスプーンでつぶしてすだち湯にして飲む。口の中がスッキリする。

「じつに大発明だ」

と自画自賛してきたこの十五年だった。

それがあるとき……。スーパーで知人に会った。夏だった。「今日の夕飯をどうしようかしら」というようなことを言われたので、「アジのヒメノ式」を勧めた。立ち話でパパッと言ったのがよくなかったせいもあろうが、あとからメールが来て、

「あの日、アジの刺身はよさそうなのがあったのですが、すだちが売っていなかったので、家にあったポッカレモンをかけて食べました。酸味がアジと合ってよかったです」

とある。

「ポッカレモン……」

すだちと聞いて、相手は「しぼる」としか発想なさらなかったのだと思う。「おろ

しがねでおろす」と言ったつもりだが、そこはスーパーでの立ち話だから、ざわざわしているし、私の声は中森明菜より小さいし、よく聞こえなかったのだろう。すだちをしぼる＝酸味を加える、と思われたのだろう。だから、すだちがないなら、ポッカレモンで代用と。

「アジのヒメノ式」は、アジに酸味を加えるのではない。アジににがみを加えるのだ。おろしがねで皮をおろすさいに果肉もちょっとまじってしまうから酸味も加わるとはいえ、にがみのある「皮が主役」のソースなのである。酸味は後方にいて、前方ににがみがいる、「にがすっぱい」ソースだ。

「……」

長い呼気の後、ポンと手を打った。

「そうか」

そうか。そうか。そうだった。この方のお宅では、どなたも酒を飲まれないのだった。下戸にとって、刺身ににがみを加えるという発想はゼロなんだと思う。むしろにがみのあるものは、どちらかというとまずいと感じる人が、下戸には多いのではないか。

となると、立ち話でなく、正確に「アジのヒメノ式」を伝えたとしても、その方のお宅では「なによこれ、おいしくない」と感じられた可能性のほうが高い。ポッカレモンで酸味を加えたアジもなかなかごはんに合うと、下戸ご一家がおいしく夕食を終えてくださったのなら、それはそれでよかった。

上戸と下戸では、根本的に味の好みが異なる。

飲食店のメニューの「女性に人気！」は即やめて、「下戸に人気！」と正確にしてください。

教え子の焼酎　ホタテ、エビ……串焼き肴に

小泉武夫

大学で我が輩から醸造学や発酵学を教わり、地元に帰って酒蔵を営んでいる弟子たちは、全国に沢山いる。とりわけ鹿児島県の芋焼酎蔵と沖縄県の泡盛蔵にはとても多くいて、彼ら小泉チルドレンたちは自らの酒蔵ばかりでなく、地域の発展にもそれぞれに貢献しているのであるから、嬉しい限りである。

そのチルドレンたちが時々、自慢の焼酎を送ってくれるので、コピリンコ、グビリンコして楽しませてもらっている。せっかくなので、いつも肴にも気を配って飲《や》っている。実は昨夜も鹿児島のチルドレンが送ってくれた芋焼酎をいただいた。

肴は少し凝ってみた。近くのデパートの食品売り場に行って、ボイル済みのホタテ（6個入りぐらいにパックされて割合安く売られている）と、同じくパックされた殻

をむいたエビ（これも気楽に買える値段）、さらに豚のバラ肉（三枚肉）、アスパラガスを買ってきた。

先《ま》ず竹串を用意し、串1本につきホタテを3個ほど、エビは5尾ほど刺す。バラ肉はやや厚めに方寸に切って、2枚ばかり刺す。アスパラガスは4センチほどの長さに切り、4〜5本横刺しに。これらに味塩とコショウを振って味をつけておく。

次にフライパンに油を引き、その上でそれぞれの串刺しを油焼きする。ホタテは一度ボイルしてあるので、両面に焦げめが付いたらそれでよい。エビは全体に火が回って赤くなり、ポクポクとしてきたらばそれでよい。バラ肉は両面をじっくりと、キツネ色まで焼いて出来上り。アスパラガスは炒めるように焼き上げて、中心まで火が届いたところでこれも出来上り。

それらの肴が全て揃ったら、大きな平皿に並べ置いて、いよいよ飲み方開始。先ず薩摩焼の黒物の湯呑みに湯を3分目ほど入れ、そこに送ってくれた芋焼酎を注ぎ入れて8分目ぐらいにまでして、それをいただいた。

先ずそのお湯割りの焼酎をゴビッと口に含むと、瞬時に鼻から芋の匂いが抜けてきて、口の中にはアルコールの辛さと微かな甘みが広がって行く。それをコピリンコと呑み下すと、焼酎は1本の糸を引くようにスーッと喉を下っていき、胃袋辺りに納まると、今度はその辺りがジュワワ〜ンと熱くなった。そこでホタテの串をつまみあげ、ぐいっとホタテを串から引き離してムシャムシャと食べた。噛むほどにホタテはホコホコと崩れて行って、そこからとても優雅な甘みと上品なうま味が湧き出てきた。エビもポクポクする中から特有の甘みがジュルジュルと出てきて、豚バラ肉からは濃厚なうま汁と脂肪からのコクがトロトロと流れ出してきて、アスパラガスはコリコリして爽やかなうま味を放ってきて、全ての肴が焼酎の辛さにピッタリと合って、いい教え子を持ったものだと嬉しくなった次第だ。

酒のさかな

遠藤周作

私がここに狐狸庵を結んだ頃は、周りにあまり人家もなく、雑木林と畠とにかこまれた散歩道が至るところにあったから、春、散歩の杖を引く時、そちらこちらの畠のあぜ道で土筆《つくし》をかかえ切れぬほど取ってきたものである。

土筆のほかに一寸《ちょっと》した流れには芹《せり》がいっぱいあった。土筆はそのはかまをとり醤油《しょうゆ》で煮、芹はよく洗ってドレッシングをかけると、これだけでその夕方の酒のさかなになった。

晴れた日にはわが狐狸庵からは丹沢、大山がはっきり見える。とりわけ大山は江戸時代の人々が大山詣でをするほど夕陽のうつくしい山で、一風呂すませたあと、藤棚の下でその茜色にそまった山々を眺めながら、チビリ、チビリとやる時は何とも言えぬ気持だった。

酒のみは酒のさかななどなくても、海苔の二、三枚でもあればそれでよいと言うし、よく夕暮、町の酒屋の前を通ると、手に塩を少しのせて、それでコップ酒を飲んでいる御仁を見かけることもあるが、私の場合は酒のさかなが幾つか並んでいなければ、どうも酒がうまくない。

芹のドレッシングをかけたものは日本酒にはむかないが、しかしよく冷したコップにオンザロックのウイスキーでこれを味わうと格別のうまさがある。私は日本の洋食屋で何がまずいといってもサラダのまずさにいつも舌打ちをするのだが、自分のつくった芹サラダだけはうまいと思う。

長崎に「とら寿し」という寿司屋があってその家の主人が毎年、自家製のカラスミのほかに正月の橙《だいだい》をかけ干しにしたものを細くきざみ砂糖と醤油でクチュクチュと煮たものを送ってくださる。そのカラスミを薄く切り、大蒜《にんにく》を少しはさんで、これを舌の先で転がすように味わいながら、チビリ、チビリとやると、こたえられぬ。橙のほうも、これをあつい飯において食べるもよし、酒のさかなによしである。

ママカリは岡山の名産だが駅で売っているのはうまくない。吉行淳之介に教えられて寄った岡山の「魚正」という寿司屋のママカリは天下一品で、時々、送ってもらうが、これも私の酒のさかなでは最もおいしかったものである。

しかし酒というのは瓶づめだと、どうしてもまずい。私は時折、東京に行くごとに、上野不忍池《しのばずのいけ》の「藪《やぶ》」で、そば味噌をさかなに菊正を飲むが、あそこの菊正は樽の匂いがしみこみ、えもいわれず、うまい。

きだみのるという作家がいる。むかしこのきださんが八王子山中の山寺に住んでおられた時、たずねて酒を御馳走になったことがある。

きださんは鉈《なた》で竹藪の竹を切り、そのなかに酒をいれて枯葉であたためられた。そしてそれを欠けた茶碗でのんだのであるが、竹の匂いがそこはかとなく酒にしみこんで、文字通り、舌にしみる感じだった。

仙台に行った時、「いろり」という店で、朴《ほお》の大きな葉っぱに味噌をのせ、それを炭で焼きながら酒を飲んだ。うまかった。

家に戻って同じことを試みようとしたらどうもうまくいかなかった。二度目に仙台に出かけた時、その店をたずねたが季節はずれで焼味噌はできなかった。

毎日、酒をのむ。そして夕暮になると酒をのみながら、人生は面白くないと一人で仏頂面をしている。酒をのみ終ってから一人で食事をする。食事をしてから一人で自分の部屋に戻り、何もかも面白くないと仏頂面をする。

どぜう

獅子文六

〝どぜう〟なんて書くのは、法度《はっと》だろう。

どじょうと書くのかも知れないし、また、特に旧かな使いを主張する小生ではないが、泥鰌《どじょう》だけは〝どぜう〟あるいは〝とせう〟でないと、食い気が起こらない。

駒形のどぜう屋は、大きな字で〝どぜう〟と書いて、文部省の眉《まゆ》をひそめさせている。といって、〝どぜう〟の好きな役人もいるだろうから、あの店へ行って、文句もいわずに、丸鍋《まるなべ》か何か食ってるだろう。

私は、あの店が好きで、若いころから出かけている。ある雑誌から、〝東京の好きな一隅〟という問いを出されて、私は、駒形のどぜう屋か、神田のヤブの店内の一角という答えを書いたが、それは、青天の下に、東京の好きな一隅を失った悲しみを、訴えると同時に、両店の混雑する店さきが、不思議と、私に落ちつきを与える事実をいいたかったのだ。ああいう店で、一本か二本の酒を明ける間の心のしずまりは、ちょっと、他に求められぬものがある。

毎年、盛夏になると、S社の社長が、私を駒形に連れて行くならわしがあったが、近年、井上靖君も加わるようになった。

井上君は、最初、マルの鍋を気味悪がって、柳川《やながわ》か何か食べていたが、私たちが、あまりウマそうに食うものだから、しまいに、恐る恐る、ハシを出した。

「これは、なかなか、ウマいですな」

大変、マジメな人が、マジメの極の顔で、そういった。その翌年からは、柳川鍋はやめたようだった。

マルの鍋は、ほんとにウマい。近ごろ少食の私でも、五、六人前は食べる。それでも、腹にモタれない。

一体、酒飲みは、どぜうを好くようだが、裂《さ》いたどぜうより、マルのどぜうを好く人の方に、ほんとの酒飲みがいるようである。ところが、酒飲みの友人は多いが、駒形へ行こうといっても、賛成するのが少ない。つい、それで、出かける度数が、少なくなる。

大阪の文楽座の前に、たこ梅というおでん屋がある。維《い》新前《しんまえ》からやってる店だが、そこのタコよりも、スズの大徳利の酒よりも、私が最も愛するのは、店のフンイキである。庶民を対手《あいて》に長い年月、良心的な商《あきな》いをしてるというものは、おのずから風格を生ずるので、そのフンイキの中で、安心して、飲食できるのである。安心ということは、飲食に絶対に必要なものである。

　駒形とたこ梅は、この種の店として、東西の双璧《そうへき》であろう。このごろは観光バスが駒形に寄って、乗客が食事をする例のように、なに、そんな名所というわけではない。京都にも、どぜうの専門店があって、一時は、東京へも支店を出したことがあった。私は、両方へ食べに行ったが、これは、どぜう料理屋であって、どぜうのテンプラまで食わせた。どうもウマいとは申しかねた。すべて京都好みで、キレイゴトにどぜうを扱おうとする点に、ムリを感じさせた。どぜうなどというものは、いくら気取ったって、ハエるものではない。

　手をかけないという意味でも、裂いたどぜうよりも、マルのどぜうの方がいい。マルの柳川鍋も、悪くはないが、やはり、駒形風のスキヤキがいい。しかし、あれは、マルのどぜうの下煮が、素人《しろうと》には面倒だから、家でやる時は、どぜう汁にかぎる。

　ミソ汁で、酒のサカナになるのは、私には、どぜう汁だけである。つまらんサシミやスノモノより、何倍か、ありがたい。もっとも、酒の時は、汁はあまり吸わない。どぜうだけ、つまみあげて、サカナにするのである。いかにも死骸《しがい》になりました、という風な、マルのどぜうを、椀のフタにとって、食べてると、女性は、あまり、いい顔をしてくれない。

　どぜう汁は、ささがきゴボウがはいると、きまったものである。しかし、私のどぜう友だちのS社の社長の家で、こしらえるのは、ゴボウのほかに、新里芋とか、インゲンとか、ナスなども入れる。九州あたりの料理法かと思われる。最初、私は、芋のはいったどぜう汁なんて、食えるものかと思っていたが、食べてみると、案外、ウマい。里芋のヌルヌルしたところが、どぜうと調和する。最近もご馳走になったが、たしかに、野趣《やしゅ》があって、珍種のどぜう汁である。

　どぜう汁は、手が掛からず、かつ、好物なので、夏になると、たびたび家庭で試みるが、むろん自分で台所へ立つほど、カイ性はない。せいぜい、口でやかましくいって、細君につくらせるのだが、女性には、ニガ手の料理であるようだ。

　生きたどぜうでなければ、意味はないのだが、そのまま火にかければ、残酷物語りの一節を演じることになり、女は、それをいやがる。

　うちの細君が嫁にきた時に、どぜう汁なぞ、食ったこともないというのを、しいて、やらせてみた。

　どぜうを、酒で殺すことを教えてやると、

「どぜうが、大変、暴《あば》れますよ」

と、報告にくる。

どぜうは、酒好きではないから、杯に二、三ばいの酒で、七転八倒するが、やがて、とても、静かになる。酔ったのか、急性アルコール中毒になったのか、とにかく、すっかり落ちついてしまう。

「それ見ろ、もう大丈夫だ」

それで、いよいよ、ゴボウを入れたミソ汁に、投入する段階となったが、火がきいてくると、細君は、恐怖の表情を現わした。酒をかけられてさえ、大暴れをしたどぜうが、高熱で身を煮られては、黙っていないと、考えたのだろう。

ところが、火がきいてきても、どぜうは、わずかな動きしか示さない。

「あら、ゴロンと、寝返りを打ちましたよ。いい気持ちなんでしょうか」

いい気持ちなわけはないが、地獄のカマウデというほどの苦痛には、見えない。酒で殺すという古人のチエは、立派なものである。

うちの細君も、いつか、どぜう汁の製法に慣れて、このごろは、キャアキャアいわなくなった。しかし、食膳に向かう時になると、汁は吸っても、どぜうは食べないようである。

マルのどぜうは、やはり、男子専科か。

イカとビールとふぐ

吉村昭

最近、うまい物を食べた。

私の家に函館生れの家事手伝いの娘がいるが、彼女の家からアワビとイカを粕漬にしたものを送ってきた。アワビの方は、今まで数回どこかで食べた記憶があるが、イカの粕漬は初めて口にするものであった。北海道へはしばしば赴き、函館へも十回近く行っているが、この食物にはお眼にかかる機会がなかった。

筒状のイカの中に、イカの脚と人参がさしこまれていて、輪切りにし醤油《しょうゆ》を少したらして食べる。実にうまい。冷酒を飲んでこれを三、四切れ食べると、幸せそのものという気分になる。親しい編集者で食い物にうるさいKさん、Nさんなどに出してみたら、思索的な眼をしてひと口ずつ味わい、

「これは大したものですわい」

と、同じような言葉を口にした。函館の彼女にきくと、それは祖父が毎年作る由で、いわば自家製なのである。

十本ほどもらったので、夫人が札幌生れの友人の家に持っていったら、さすがに夫人はそのイカを知っていた。北海道では、決して珍しくない食物なのだろう。

考えてみると、このイカのうまさも酒あってのことである。熱い御飯にのせて食べるのもうまいかも知れぬが、酒を飲みながら食べた方が数倍もうまいはずである。酒のありがたさとは、食物の味を十二分にひき出してくれることに尽きると言ってもいいのだろう。

東京随一といわれているふぐ屋がある。随一というのは、格式（妙な言葉だ）と値段が……という意味らしく、うまいか否かは一応除外しておく。

基本的に、私は、格式ばった店、値段の高い店がきらいである。食通とは、値段などと無関係に美味を求める人のことを言うようだから、私は今までもこれからも食通にはなり得ない。私がうまいというのは、「値段が安くて……」という必須条件がついてのことで、値段が高いものは、うまいもまずいも判断の対象にならない。

さて、そのふぐ屋のことだが、私は、招待されてその店に行った。食通ではない私は、うっすらその店の名をきいた記憶があるが、値段が東京一高い店だとは後になって知り、招待主に御迷惑をかけてしまったことを悔いた。

　その店は、私の知っているふぐ屋という感じではなく、仕舞屋《しもたや》風の家であったと記憶するが、私を大層驚かせたのは、その店ではビールを飲んではならぬということであった。私のみならず大半の人は、初めにビールを飲んで日本酒をじっくりと飲む。その時も、まずビールを頼んだら、六十年輩の女中さんが、

「ビールを召し上りますと、ふぐの本当のお味を味わっていただけませんのでお出ししておりません。日本酒でお願いいたします」

と、丁重な言葉づかいで言った。

　私は呆れ、いやな気分になったが招待されている身であり、ビールを省略しても大した支障もないので日本酒からはじめた。

　ふぐがうまかったかまずかったかは、忘れた。そんなことよりも、ビールを断られたことがそのふぐ屋の店名とともにうらめしく思い出される。一言にして言えば、ビールを飲もうと飲むまいと、大きなお世話だ、と言いたい。食通は、ビールがふぐの味を消すと言っているのかも知れないが、客のほとんどはただの客であり、食通ではない。食通だけが、ビールを飲まなければいいのである。

　およそふぐなどというものは、庶民の食べ物である。「らくだ」という落語があるが、一文なしのらくだという渾名の男がふぐにあたって死ぬ。大きなとらふぐを食べ

て、長屋で死んでいたのである。とらふぐと言えば、ふぐの中でも最高のふぐだとく。それを鍋、釜も屑屋に払ってしまったような男が、たとえ自分で料理したとは言え、食べたのである。

そうした庶民的な食物であるふぐが、いつの間にか高級料理の材料にされて、それを扱う店の中に変に格式ばった店も出現するようになった。そんな店の主人の思い上りが、ビールは……などという知った風なセリフを客にぶつけることになるのだ。

ふぐを御飯で食べてもうまくなく、酒を飲んで食べればうまいことを知っている者が、わざわざ出掛けてゆき、金をはらって飲み食いするのである。客はそれだけの犠牲をはらっているのに、飲む酒を制限するとは何事か、と一席弁じたくもなる。……食い物の恨みは恐しいというが、酒の恨みも恐しい。

この随筆を書いていたら、今夜あたり下町に出掛けて行ってふぐを食べたくなった。私の行く店は、きわめて安く、うまく、そしてビールも飲めるだけ飲ませてくれる。

塩豆とビール

平松洋子

最近、あまり見かけなくなったビールのつまみが塩豆だ。塩豆は、からりと煎ったえんどう豆。

小さな丸いちびっ子を口に放りこむと、ぽりぽりっ、軽妙な音が響いて弾みがつく。くしゃっと潰れた半別れにも愛嬌があり、敷居が低い感じがうれしい。口のなかにぽんぽん放りこんでいると、ビールも進む。

なつかしいな、塩豆。父や祖父の晩酌にもよく出てきた。ねだって数粒分けてもらうのが好きだったが、あの頃は味があるのかないのかよくわからなかった。でも、ほのかな塩気にくわえて、外側のさらっと乾き切った表面の感じが面白かった。煎餅やおかきでもない、柔らかいのか堅いのかどっちともつかない不思議な歯触り。だいいち、えんどう豆がなぜ灰色なんだ？

粉を吹いたような塩豆のまわりの灰色、あれは貝殻の粉だというから驚く。ということは、塩豆はカルシウム満点。安っぽい様子なのに、ほんとうは栄養食品なんだな。またしても意表を突かれる。それにしても、豆の貝殻まぶしなんて、いったい誰がかんがえたのだろう。凡人じゃない。いまあらためて思うのだけれど、〝やめられない止まらない〟を最初に教えてくれたのは塩豆だった。

昔のビールのつまみは、つくづく役者揃いである。これまたマイナーになったけれど、塩豆と肩を並べる役者といえば花豆、カレー豆、わさび豆。そら豆の名作トリオだ。なかでも「永遠に不滅です」と拍手を送りたくなるのは花豆（またの名をフライビーンズ）で、茶色一色のちょっとどん臭い様子は、やっぱり惜しげがなくて、いつ手を止めていいかわからなくなる。私は、あの地味な茶色を思い浮かべるだけで、舌がむずむずしてきて条件反射のようにビールに手を出したくなってしまう。

塩豆も花豆も、いったん思い出すと、居ても立ってもおられない気分になるのは、ねだって分けてもらうのがうれしかったからかもしれない。おやつではなく、横っちょから手を出しておとなに恵んでもらうもの。もみじのような掌にのせてもらい、ぱくっと食べて、また手を出した。塩豆や花豆は、父や祖父のあぐらのなかにすっぽり潜りこんで収まったときの安心感にどこかで繋がっているような気がする。

柿の種にも、おなじ安心感と郷愁がある。十年一日のごとく変わらない姿かたちは、そこにあるだけでほっとする。ビールを注文すると、小鉢にほんの少しだけ柿の種を供してくれる居酒屋があるけれど、わかってるなあと思う。柿の種をちびちびカリポリやっていると、憂さもどこへやら、いつのまにかなごんでいる。

柿の種を食べるとき、父の口癖があった。「これを土に埋めたら、柿の木が育つ」というもので、からかわれているなど想像もつかず、幼稚園の時分までずっと信じていた。果物の柿のタネを乾かして、味をつけたものだと思いこんでいたのである。それどころか、調子に乗って「腹が痛い」と痛がってみせるのも恐怖で、本気で心配して顔をのぞきこむと、もうすぐ柿の木が生えてくる、口のなかから芽が出てくるぞ、真顔で言うのが不気味だった。それがわかっているのに、おとなはなぜ平気で柿の種なんか食べるのだろう——。

手土産にいただいた麻布十番「豆源《まめげん》」の塩豆（おいしい！）をつまみながらビールを飲んでいたら、ほろ酔いのなかに豆をめぐる古い記憶がたくさん浮かび上がってきた。

葱

吉行淳之介

ある料理雑誌から、アンケート用紙が送られてきて、幾つかの質問条項が並んでいる。

『あなたの好む簡単な酒のサカナ』

『あなたにとっての酒のイメージ』

などという質問内容なので、返事を書く気になりながら、終りまで読むと、「写真を一葉封入してください」という意味のことが印刷されている。

私は写真をうつされることも、それが紙面に載ることも大嫌いなのであるが、書物の広告に写真を入れることが慣例にちかくなってしまったので、仕方なく写されるときもある。なぜ嫌いか。明治の文明開化のころには、写真をうつされるとシャシン機に寿命を吸い取られる、という考え方があったそうだ。

私は昭和の時代に生きているのだが、そのことを信じているためだ、とでも考えておいてください。本当は、違うのだが。

もっとも、この短文集がいずれ本になるときには、イラストを全部載せさせてもらうつもりである。そのときに、生涯に一度だけの例外が起ることになる。私は積極的にカメラの前に立ち、カメラマンにいろいろうるさく註文をつけ、ソフト・フォーカスになどしてもらい、到底本人とはおもえないほどステキに撮《うつ》してくれ、と言う。

カメラマンが怒ったときには、三日に二度は私の似顔の出ている夕刊フジをみせれば、相手は同情してくれて、私の註文を聞き入れてくれる。それにしても、あの似顔はずいぶんヒドク描いてあるが、よく似ている。むかし、日清戦争のときに木《き》口《ぐち》小《こ》平《へい》というラッパ卒がいて、死んでもラッパを口から離さなかったということを、美談として教えられた。まるでそのラッパ卒の生れ変りのように、イラストレーターは私のコメカミの癇筋《かんすじ》をけっして描き落さない。

ついでに、山藤章二を拉致《らち》してきてカメラの前に立たせ、数人がかりで横腹をくすぐったり、尻をヤットコでねじり上げたりして、その顔のアップも本に載せてみようか、と考えたが、凝り過ぎになるのでそのアイディアは放棄した。

話は横道にそれたが、写真の件が面倒でアンケート用紙をそのままにしておくと、電話がかかってきた。

返送しない理由を説明すると、写真はなくてもよい、というので書くことにした。

『簡単な酒のサカナ』についての回答。生の葱《ねぎ》をきざみ、鰹節《かつおぶし》を削って混ぜ合せ、ショウユをかける。好みによっては、梅干の肉を千切って入れたり、タマゴの黄味だけを加えてもよい。


べつの料理雑誌から、同じような電話アンケートがきたので、

「味噌を焼いて、舐《な》めるとよい」

と答えると、

「へーえ、そんなものがあるのですか。どうやってつくるのですか」

と質問されて、甚だ面倒だった。専門誌の編集者なら、焼味噌程度のＡＢＣくらい知らなくては、プロとして恥ずかしいことである。

『あなたにとっての酒のイメージ』への回答。

『腹を立てて飲むと、酒に仇討《あだう》ちされて、ろくな酔い方はしない』

そう書いて送ったのだが、活字になって送ってきたものを見ると、

『腹を立てて飲む』

となっていて、これには驚いた。

こんな按配のことが多いから、アンケートの類は好まないが、電話の返事のときならまだしも書面回答がこうなってしまうのはさっぱり理解できない。

みんでんなす

杉浦日向子

「塩嘗《な》めて一升《いっしょう》」が、ほんとの酒呑《の》みなんて、不精な話だ。なにもなければ塩も御《おん》の字だが、他に選びようがあれば、まちっと気の利《き》いたもんでやりたい。

酒の肴《さかな》で、どれが一番というのはない。季節とその日の気分次第。

仲間と呑むなら、会話がつまみだから酒も肴もなんでもござれだが、ひとりで酒をたのしもうという場面の肴はなんでもよくはない。

ちょっと一杯、ではなく、きちんと酔いたい場合。腹が膨《ふく》れるものはいけない。コース、定食、すき焼、しゃぶしゃぶ、鍋物《なべもの》等は論外。

熱いものは熱いうち、冷たいものは冷たいうち、と、食べるタイミングを急《せ》かされるものも避けたい。天麩羅《てんぷら》、串《くし》揚げ、焼き鳥、焼き肉、そして寿司《すし》、海鮮刺し身類もだめ。

視野に料理が次々並ぶものは酒を呑む態勢にあっては、はなはだ落ち着かない。肴としては、常温で、放ったらかしにして、気が向いたら、ちびちびつつける小物がいい。

呑みにかかってるんで喰いにかかってるんじゃないから、箸《はし》を使うまでもなく、つまめるものがよい。

自慢の逸品は、たまにはうれしいが、常備の副菜ならもっとほっとする。要は「箸休め」。

いつなんどきでも、おおむね喜ばれるのが漬物。箸休めに漬物を出されて厭《いや》な顔をする客はいない。

土地それぞれに由来する郷土色があり、四季折々の移ろいもある。手前もの、到来ものにかかわらず、供されれば、ひととき膳《ぜん》が和む。

たとえば秋口の茄子《なす》。和洋中の惣菜《そうざい》において大活躍の茄子は、漬物界でも、だんとつの千両役者だ。塩、糠《ぬか》、味噌《みそ》、麴《こうじ》、糟《かす》、芥子《からし》、浅漬け、古漬け、いずれにてもよし。

丸いの長いの大きいの小さいの、個性も様々だが、中でひときわ愛らしいのが、山形の民田《みんでん》茄子。豆電球大の極小粒丸茄子で、どんなおちょぼ口にもひとくちで入る。

皮が柔らかく身が充実し香り高く味わい濃く、ひとつぶに茄子数個分の旨《うま》みが凝縮されている。

これを出された日にゃ、どうで奮発せざるを得なくなるほど気分が高揚するのである。禁断の起爆剤。

純米無濾過《むろか》特別限定ひやおろしなんたらいう瀟洒《しょうしゃ》な和紙のラベルの四合瓶をかたはらにおくこととなりはべりぬいとをかし。

なんでこんなに酒が好きなのか。四六時中しらふでいるひとの気が知れないが、下《げ》戸《こ》のひとから見れば、酔って恥積む懲《こ》りない神経こそ信じ難いのだろう。南無三《なむさん》。

【みんでんなす】

山形庄内地方名産の小粒の民田なすを夏のうちに塩漬けしておく。それを芥子に漬け直したのが芥子漬け。

突然出会う

角田光代

運命の出会いというものは、たしかにあると思う。恋愛においてだけではない。友だちや仕事相手でも、そういう出会いはある。

今、親しくしている人や長く仕事をしている人との出会いの瞬間を、私はかなりはっきり覚えている。何歳のとき、どこで、どんなふうに出会ったか。そのとき話したことはきれいさっぱり忘れていても、その場所の空間的印象と、それから、その人に抱いた印象というものも、わりと正確に覚えている。その後、関係が長く続くから覚えているのか、あるいは、その出会いの印象の深さが、イコール運命の瞬間なのかは、ちょっと判断がつかないけれど。

そして運命の出会いというのは、十歳のときにもあるし、二十五歳にも四十歳にも、きっと六十歳になってすら、あるんだと私は信じている。私は今四十一歳で、この年齢で、この先ずっと親しくなれそうな人に会ったりすると、「ああ、どうしてもっと早く会えなかったのか」と思ったりする。十年前に会っていたら、この十年、この人ともっとたのしく遊べて、私の三十代はもっと愉快だったろうに！　と思うのである。でも、思うに、きっと十年前に会っていたら、それは運命の出会いにはならなかったのだ。三十歳からの十年の経験があるからこそ、その人のよさやおもしろさや、自分との相性のよさに気づくのだろうと思うのだ。

　人ばかりではない。食べものにも、運命の出合いはあるのではないか。と、昨日、私はある料理屋でしみじみと考えた。昨日、ある集まりがあって加賀料理の店にいった。お刺身や焼きものの合間に、「加賀の珍味三種」という皿が出てきた。へしこ、くちこ、ふぐの卵巣《らんそう》。はじめて見るものばかりである。

　珍味は食べるのに勇気がいる。見た目が「へっ」というものが多いからだ。同席した年長者に「こんなにおいしいものを食べないのはもったいない」と再三言われ、おそるおそる箸《はし》を延ばした。

　ああ、これぞ運命の出合いであった。へしこ、くちこ、ふぐの卵巣。このしょっぱさ、まったくもって私好み。いっぺんで魅了された。加賀料理というものに興味を持ったことがただの一度もなかったのだが、今後の私は加賀料理と聞くたび、「ああ、へしこ、くちこ、ふぐの卵巣〜」と生唾《なまつば》を飲みこむであろう。それらを味わいたいがために、かの地を旅することもきっとあるだろう。

へしこよ、くちこよ、なぜ私の人生にもっと早く登場しなかったの、と、熱燗《あつかん》でそれらをちびちびつまみながら思ったのだが、このおいしさは、まさに二十代の私には理解できなかっただろう。

もっと早く出会いたかったと思う人や食べものほど、これからの人生で、ゆっくり、たいせつにつきあおうとかたく決意させられる。

海鼠《なまこ》

辰巳浜子

寒さが身にしむ頃になるとなまこが出はじめます。毎年のことながら、手にするたびに最初にこれを食べた人はどんな勇気の持ち主だったのか、と感心するのです。庭の朽木に木耳《きくらげ》らしきものを見つけた時、植物図鑑を開いて確めてもなお、〝ふぐは食いたし命は惜しし〟で、専門家に見ていただいてからやっと安心して料理に使った自らをかえりみて、昔の人々が食用に叶うものと叶わぬものとを区別したことに頭が下がります。

ポリ袋によってたいへん助かっているものの一つに、なまこがあることをご存じですか？　なまこは脂に出会うと表面の疣《いぼ》がとろけてくずれ、本質もやわらかく変化してしまうものです。とろけたなまこなど、何の価値もありません。産地から築地市場までは単独に出荷されるのですが、魚屋の手に渡ると、積荷の都合で鯖や鰯との同居を余儀なくされ、はなはだしい時は下積みになって、上の箱から魚の汁がしたみ落ちる憂目《ういめ》に逢う始末になります。新鮮ななまこは、疣はとけるは、表皮はくずれて紐が下がる、という哀れな姿に変り果てるのです。魚の扱いを心得ていた昔の魚屋さんは、こんななまこを売り物にはしませんでした。盤台の中にはなまこ用のバットがあって、ゆずの二つ切りが入れてありました。ゆずを忘れた今の魚屋さんのために、ずるずると半とけのなまこで悲しい思いをたびたびしましたが、ポリ袋の出現で解消しました。なまこにとっても私たちにとってもご同慶にたえません。

なまこの酢のものの作り方に西と東の違いがあります。調理、味付けなど食べものは、ほとんどすべてと申してよいほど西方に軍配があがるのですが、なまこばかりは東方に軍配をあげたいと思います。関西は名のある割烹店でも、せっかくの疣を落して、やわらかくして、厚めのぶつ切りにして出します。そのため、なまこ特有の紋様は消されて、匂いもぬめりも失ってしまいます。関東は、なまこの色、斑の紋様はそのままの姿を大切にし、もちろん疣もそのままを最高としています。そして紙のように薄く薄く切ります。切り口は美しく、縞目が通って、透き通るような薄身はゆず酢の香りをのせて、舌の上を冷たくひとひら、ひとひら、すべっていくように作るのです。西方はなまこの表面を磨き、東方は〆めて使うところにこの差がうまれると考えます。

〆めることはいとも簡単です。新鮮ななまこの腸を抜き出して、きれいに洗って瀬戸引きのボールに入れゆずを絞り入れる、それだけのことです。種も皮もいっしょに漬けてよいのです。橙《だいだい》、すだち、レモン、どれを使ってもよいのです。ただし、橙の皮だけは苦すぎるので入れないほうがよろしい。酢をかけた瞬間、なまこはきゅっと縮まって、疣もしまり薄切りにしやすくなるのです。砂糖を用いないゆずの合せ酢——味醂《みりん》または酒を使います——をかけ、針生姜またはわさびを添えていただきます。冬の酢のものとしてはお惣菜向きのものですから、どしどし召し上っていただきましょう。

このわた　このこ

生殖腺だけで作られる佳肴にこのわたとこのこがあります。最高級の酒の肴と申せましょう。色、味ともに日本的な風格の高いものと誇るに足るものです。このわたは、九州、四国、金沢、愛知、北陸、北海道の各地で作られておりますが、各地とも洗い方、塩のあて方に秘法があるようです。能登のこのこは古い歴史をもっております。珊瑚《さんご》色をした、薄い亀甲飴《べっこうあめ》のような長三角のこのこは雅味《がみ》に富んだ珍味です。寒中、

辰巳浜子

なまこの生殖腺をとり、塩水でよく洗って細かい磨き藁にかけて干しあげるのです。気味の悪いなまこの生殖腺から、このわた、このこなる絶品を作りあげた、味覚の持ち主はどんな人だったのでしょう。

貝鍋の歌

中谷宇吉郎

北海に愚魚あり
その名をほっけという
肉は白きこと雪片を欺《あざむ》き
味はうすきこと太虚《たいきょ》に似たり
一片の三石《みついし》の昆布
一滴のうすくちの醤油《しょうゆ》
真白なる豆腐に
わずかなる緑を加う
くつくつと貝鍋は煮え

夜は更けて味いよいよ新たなり

まだ子供たちが幼かった頃、うまくだまして、早く寝つかせた夜は、奥の六畳の長火鉢で、よく貝鍋をつついた。

住みついてみると、北海道の冬は、夏よりもずっと風情がある。風がなくて雪の降る夜は、深閑として、物音もない。外は、どこもみな水鳥のうぶ毛のような新雪に、おおいつくされている。比重でいえば、百分の一くらい、空気ばかりといってもいいくらいの軽い雪である。どんな物音も、こういう雪のしとねに一度ふれると、すっぽりと吸われてしまう。耳をすませば、わずかに聞こえるものは、大空にさらさらとふれ合う雪の音くらいである。

こんな夜は、長火鉢に貝鍋をかけ、銅壺《どうこ》に酒をあたためて、静かで長い夕食をとる。貝鍋の魚には、いろいろためしてみたが、けっきょく一番安くて、一番味のない、ほっけに落ちついた。

これは磯魚《いそうお》であって、鱈《たら》の子供が、親にはぐれて、陋巷《ろうこう》にすみついたような魚である。北海道の日本海沿岸では、どこでも、いくらでもとれる愚魚である。太平洋岸でもとれるのかもしれないが、それはどうでもよい。

近海で多量にとれる魚であるから、少し気をつけていると、水から揚がったばかりのようなあたらしいのが、市場の魚屋などにもよく出ているらしい。細君は、みつかり次第買ってくるようであった。どんな愚魚でも、あたらしい魚はうまい。貝鍋に昆布を一枚しき、このほっけの切身と豆腐を入れ、せりか三つ葉の青味を少し加えて、湯でくつくつと煮る。味つけは、うすくちの醬油を数滴たらすだけ。

　初めのうちは、淡泊というよりも、味もそっけもないといってもいいくらいの味である。この味のない肴をはさみながら、ゆっくりと酒をのむ。汁はまもなく煮つまってくる。銅壺の湯をたびたびさし、ときどき醬油をたらし込みながら、煮ていると、次第に味が出てくる。

　その頃になると、酒も適当にまわり、その味がよくわかるようになる。それはまことに不思議にも微妙な味で、相当味が濃くなってきても、少しもしつこくはならない。二時間くらいも食べつづけていて、いつまでも味の新鮮さを失わない鍋ものは、他にちょっと思い当らない。酔い心地も、まず申し分がない。

　毎度のことで、われながら少し気もひけるが、細君に筆と紙の用意をさせ、貝鍋を中心に、雑然たる食卓の風景を、墨絵に描く。そして口から出まかせの賛をする。初めにあげた、詩とも、だじゃれともつかぬ妙な文句は、こういうときに書きそえた賛の一例である。

　家族が東京へ移ってからは、北海道の貝鍋とは、縁が切れた形である。東京でも、まれには、貝鍋をするが、どうも中身が上等すぎるうらみがある。しかしそれでも、貝鍋にはやはり特殊の風味があって、私は好きである。

　同じような鍋ものを、アルミの鍋でやったのでは、ぜんぜん問題にならない。土鍋《どなべ》はアルミからみたら、ずっとよいが、それでも貝鍋には、はるかに及ばないような気がする。心理的なものかもしれないが、ひょっとしたら、貝鍋から、何かその組成の成分がとけ出て、あの特殊な味をそえるのかもしれない。

　貝殻の主成分は、もちろん炭酸カルシウムであって、加里《カリ》や燐酸塩《りんさんえん》も、少しはいっているが、それはごく微量である。ナトリウムも少量あるが、これは加える食塩の方が、ずっと多いから、問題にする必要はない。一番考えられるのは、カルシウムであるが、これは煮ているうちに、汁の中にとけ出る可能性は、じゅうぶん考えられる。人間の舌は、あんがい敏感であって、化学分析でもわからないていどの微量の成分を、感じとるものである。

　この貝鍋カルシウム論を、芸大の物理の教授をしているO博士にしたことがある。最近その博士に会ったら、あの実験はやってみましたという。結果は肯定的で、蛤《はまぐり》の貝殻を、水で一時間くらい煮ると、簡単なテストでわかるていどに、カルシウムがとけ出るそうである。帆立《ほたて》の貝鍋は手に入らぬので、まだやっていないが、充分出るでしょうといっていた。

少し暇になったら、本式に貝鍋料理の物理的および化学的の研究をしてみたいと思っている。

最も日本的なもの

丸谷才一

サイデンステッカーさんと一杯飲んでゐて、かねがね疑問に思つてゐた愚問（とわかり切つてゐるもの）を思ひ切つて訊ねてみた。これは誰だつて覚えがあるはずで、われながら愚問だなあとは百も承知なくせに、しかしどうしても質問してみたいことがあるものなんです。その場合、これは下らない質問だとは思ひながらも、ひよつとすると取柄が多少はある質問かもしれないぞといふ自負もまた、心のどこかにひそんでゐる。さらに、問に対する答は大体見当がついてゐるけれど、しかし案外、別なのかもしれないといふ一抹の期待もなしとしない。まあとにかく、訊いてみたくて仕方がないわけですね。そこで年来の疑問を訊ねてみた。

と書くと、何か大変なことを質問したやうに思はれるかもしれない。が、さうではない。

「あの、西洋には大根はないわけですから、大根おろしもありませんね」

と訊ねたのである。サイデンステッカーさんは、

「ええ、ありません」

と答へ、それからかう付け加へた。

「わさびもありません。大根おろしとわさび。あの二つは最も日本的なものですね」

そしてわたしは、自分の詰まらぬ問がかういふ説を引出したことを喜び、

「なるほど。どちらもおろし金でおろしますね」

などと言つておもしろがつた。

そして、これはあとで考へたのですが、刺身のときに大根おろしの上にわさびおろし（なんて言ふかしら、どうもあやしいね）をのせたやつを添へる。あれなんかまさしく日本的なものの精粋ではないか。ただしわたしは、どういふわけか、あのときはわさびをどけて、大根おろしのほうだけを醬油《しょうゆ》に入れて食べるけれど。別にわさびが嫌ひぢやないのに、大根おろしに操を立てるのですね。

などと書くことでもわかるやうに、わたしは大根おろしが大好きである。大根おろしと聞いただけで、心のどこかがギュッと押されたやうになつて、興奮する。

どうしてこんなに好きなのか、いろいろと考へてみたけれど、これは幼時体験と関

係がありさうだ。そのことをすこし念入りに語りたい。一体に幼少のころを語るとなると、人は自分自身を美化する傾向があつて、五歳にして百人一首を全部そらんじてゐたとか、十歳にして童貞を失つたとか、他人に反感を与へがちなものだけれど、わたしの場合はそんな性格の話ぢやない。

わたしの故郷は山形県鶴岡で、鶴岡の食べもので忘じがたいほど好きなものは二つある。一つはハタハタ、もう一つはダダチヤ豆。

ハタハタといふのは下魚《げざかな》ですね。体長十五センチくらゐ。本山荻舟《てきしゆう》の『飲食事典』（一九五八年刊）には、主産地は秋田だが、近年はあまりにも乱獲された結果、隣県山形の庄内あたりが本場になった、とある。そしてわたしの生れはこの庄内。ところが最近は山形県でもハタハタがとれなくなつたんですね。いまはたしか漁獲禁止になつてゐるんぢやないか。あの安くてうまい魚が食へないなんて、じつに残念である。わたしの推測では、これはロシアが原子力潜水艦その他の核廃棄物を日本海に捨てたためだと思ふ。いや、ハタハタだけぢやなく、越前蟹だつてこのせいぢやないか。きつとさうだよ。日本政府は何をぼやぼやしてるのか。

「肉がしまって骨離れのよいのを特色とする一面、淡泊すぎて無味に近いため、他国人には容易に親しみにくいかわり、三年続けて食馴れると病みつきになって忘れられない」

と本山荻舟は言ふ。それをわたしなんか笈《きゅう》を負《お》うて遊学するまで十何年もうまいうまいと食べつづけたわけだから、病みつきも度を越してゐる。

荻舟先生さらに語をついでいはく。

「塩焼、魚田《ぎょでん》、フライなどにもするが、最も自然味を存するのは白焼《しらやき》にして卸大根をそえ、ただ生《き》醤油《じょうゆ》で試みるにあるとされ、地元では婦人子供でも一時に一〇～二〇尾と飽食する」

塩焼はまあいいでせう。魚田はわたしはすすめない。いつぞや「四季の味」の編集長、森須滋郎さんと話をしてゐて、ハタハタの美味なることを論じると、一向に同じてくれない。

「召上つたことないんですか？」

と訊ねると、秋田で一度試みて閉口したと言ふ。

「どういふふうにして召上つたんです？」

とさらに訊ねると、田楽だつたといふ返事だつた。それぢやあ駄目ですよ。あの名雑誌「四季の味」の編集長が千里を遠しとせずやつて来て、海内無《かいだいむ》双《そう》の下魚ハタハタを食べるといふときに、田楽なんかですすめる料理人も料理人だなあ。どうかしてるよ。

フライは食べたことがありません。広い庄内だもの、フライで食べる人が一人もゐないとは断言できないけれど、わたしは経験がない。そんな食べ方、聞いたこともない。合はないと思ひますよ。

白焼もいい。悪くはない。姉たちが送つてくれるときはいつも白焼で、これをあぶり直して食べると、じつにうまい。たちまち口中に至福が訪れる。酒も要らない。飯も要らない。名誉も金も何するものぞ。ただハタハタがあればいいといふ心境になる。

しかし絶妙なのは湯あげである。これはハタハタの頭と尻尾をちよん切つて置いて、グラグラ煮え立つた熱湯のなかに入れ、浮んで来たのをすくひあげる。皿に並べて置いて、すこし冷まし、大根おろしと醬油で食べる。

これがじつにいいんですね。ハタハタの淡泊にしてかつ脂ぎつた、あつさりしてゐてかつヌルヌルした感じが、大根おろしといふまつたく異質なものと衝突して、複雑な味の世界を現出する。もちろん温度の対照もいい。これだけでもこたへられないのに、さらに、白子とか卵とかがはいつてゐるから、とても五匹や六匹でやめられるものぢやない。何しろ下魚で安かつたから、何十匹平らげたつて大したことはなかつたのだ。

そしてこの場合（白焼の場合もさうだけれど）大根おろしがぜつたい必要なのですね。もしこれがなければ、ハタハタの味は……さあどう言つたらいいか、何しろそんな馬鹿な食べ方は一度もしたことがないから、一体どうなるのか、とても形容できません。

そしてダダチャ豆。

　これは枝豆ですが、庄内にしか産しない特殊の枝豆でありまして、ほのかに甘くて、おつとりしてゐて、典雅である。そのなかでも鶴岡に近い白山《しらやま》の白山ダダチャ。これぞ枝豆の王者といふ気がする。「ダダチャ」とは方言で「一家の主人」「父親」の意。八月の末、一週間くらゐがこの白山ダダチャの旬なのですが、これはちようどわたしが生れたころですから、何か縁が深いのかもしれない。

『庄内の味』といふ好著を書いた伊藤珍太郎氏（元酒田市助役）の説によると、庄内の食べものの西の横綱は最上川下流の川鮭で、東の横綱はこの白山ダダチャ豆ださうで、つまり庄内で一番うまいものがこの枝豆なのですね。賛成。もちろんわたしは西の横綱としてはハタハタをあげたいのですが、しかしこの際そのへんには目をつぶる。

　そしてこの枝豆は、もちろんごく普通に食べてもうまいが、莢《さや》から豆を出し、灰いろの薄皮も除いてから、大根おろしを上にのせ、醤油をたらすと、すばらしいおかずになる。わたしは幼少のころ以来、これで御飯を食べるのが大好きだ。酒の肴にもいいですね。

　この、ハタハタとダダチャ豆に添へる大根おろしのせいで、大根おろし好きが決定的に定着したのだと思ふ。長じてのち、大根おろしに目がない男になり、ほかのことではちつとも家事を手伝はないくせに、大根おろしをおろすことだけは欣然《きんぜん》としておこなふ亭主になつたのである。

　これは案外、わたしの健康対策になつてゐるかもしれませんね。いつぞや清元志寿《きよもとしず》太夫《たゆう》の、長寿（九十何歳）の秘訣として、毎朝、しらす干しに大根おろしをのせ、レモン汁をかけたものを小鉢に一つ食べる（醤油はかけるのかな？）と語つてゐたけれど、わたしも毎日ではないけれどそれに近く大根おろしを食べてゐる。そしてたとへば、天ぷら屋へゆくとき、嬉しくて仕方がないのも、天ぷらそれ自体よりもむしろ、今日は存分に大根おろしが食べられるぞと思ふからなのですね。さう言へば、天ぷらの食べ方としては、天ツユにひたすのと食塩をつけるのと二つありますが、わたしは絶対に天ツユを選ぶ。天ぷら屋の主人が、

「これは食塩で召上つて下さい」

などと言つても聞き流す。言ふまでもなく、食塩では大根おろしが食べられないからだ。

　さて、ここで一つ、まへまへから気になつてゐた歴史学的疑問を書きつけて置きたい。元和元年（一六一五年）豊臣氏を亡ぼした徳川家康が、駿府に帰り、翌年、京都から伺候した茶屋四郎次郎が珍しい料理として鯛の天ぷらをすすめた。これがあまり美味なので食べすぎたため、体調を崩し、つひに世を去つた、といふ話はよく知られてゐますが、あれは果して本当かしら。といふのは、天ぷらといふ言葉は西と東で二様

に使はれてゐて、西では魚のすり身のマンヂユウを素揚げにした、いまで言ふ薩摩あげのやうなものが天ぷら、そして東では魚や野菜に水ときした小麦粉を衣につけてあげたものが天ぷら。とすれば、京から来た茶屋四郎次郎が鯛の天ぷらをすすめるとき、これをどういふ名で言つたのか、気になるんですね。

しかしもつと心配なのは、その天ぷらは榧《かや》の油であげて韮《にら》を添へたと言ひますが、そのとき大根おろしは果して用ゐたかどうか。もしも大根おろし抜きだつたら、家康さんがかはいさうだなあ。でも、たつぷりの大根おろしにおろしショウガといふスタイルが確立したのは、ずつと後年のことでせうね。どうもそんな気がする。

天ぷらにおける大根おろしの重要性については、かの食通、北大路魯山人も力説してゐます。天ぷらは油がすこし悪くたつて、畑から抜きたての大根おろしがあれば何とかなる、と言つてゐた。さらに、「てんぷらに新鮮なだいこんおろし、これにしょうゆをかけて食べれば俗なだしに優る」とも。これは本当でせうね。

魯山人は、天ぷら茶漬けの食べ方について論じてゐますが、それはかうである。

まづ冷えた天ぷらを網にのせ、いくぶん焦げるくらゐにあたためる。（いまなら電子レンジでせう。）それを熱い飯の上にのせ、生醤油か塩をすこしかける。（天ぷらのつゆをかけるな。かならず醤油か塩。）新鮮な大根おろしをのせる。この場合、大根がからい大根ならなほさらよろしい。そして濃い目の熱いお茶をかける。飯がすくない茶漬けなら煎茶。飯が多いときは番茶。

　これはぜひ一度やつてみたいと思つてゐるんですが、試したことがない。前の晩の天ぷらの残りでやれと魯山人は言つてゐますが、うちでは残らないのである。

　さう言へば、さすがに魯山人は大根おろしが大好きだつたやうですね。偉い。それでこそ食通の親玉である。

　たとへば、鮪《まぐろ》の食ひ方に雉子《きじ》焼き、といふのがあるんださうです。鮪の砂摺《ず》りを皮ごと分厚に切つて付け焼きにするのですが（「砂摺り」とは磯魚の腹の下の身の部分）、この焼き立ての火傷《やけど》するやうなやつを、大根おろしをたくさんおろして、醬油をかけて炊き立ての飯で食べる。「下手ならうなぎよりかよっぽどうまい。しかし、壮年のよろこぶ下手《げて》美食であることはいふまでもない」

　なんだか滅法うまさうですが、焼くのが大変ですつて。家中煙でモウモウになるから。まづ広い邸に引越して、庭でやらなくちやならない。ものいりだなあ。

　もつとずつと安い料理も、魯山人はすすめてゐます。

「雪虎《ゆきとら》」といふやつ。

　これは京都の命名で、何のことはない、生あげを餅網にのせてべつこういろの焦げがつくくらゐに焼き、新鮮な大根おろしをたくさん添へ、いきなり醬油をかけて食べるだけ。

魯山人は、まつたく夏向きのもので、暑さつづきの日に食べるなんて言ひますが、これは「雪虎」といふ名前のせいで涼しく感じるからでせう。わたしなんかは一年中やる。雪の日も。

とここまで書いてくるのに、当然、横に魯山人の本が置いてあるのですが、たまたま彼が刺身の食べ方を論じてゐるところが出て来た。「赤い刺身は飯の菜。白い刺身は酒に適す」と断定してから、

「赤い身の刺身にはだいこんおろし。（中略）だいこんにしょうゆをしみこませて刺身につけて食べる。まぐろの場合など特に注意」

と述べる。脂つこいため、醬油がつかないから、かうするんださうです。そして、

「白の刺身はわさびだけでいい」

と言つてゐます。とすると、大根おろしにわさびおろしがのつてゐるやつの大根おろしだけを用ゐるわたしの流儀は、あれでいいわけだ。

もつとも、魯山人に教はつたことが全部いいかといふと、これはあやしい。いつぞやわたしは、魯山人の本に握りずしの鮪の食べ方を論じてあるのを読んだことがある。彼の説によると、まづ、さびのきいたのを握らせ、その上にショウガの酢漬けを二、三片のせて食べると、脂つこくなくてうまい、といふのであつたが、試してみると、ただ変なだけの味だつた。

おつまみ作法

澁澤龍彦

——一言で言って、おつまみって何でしょう?

澁澤　うわあ、こいつはすげえや。こりゃたいへんだ。大問題ですよ。だって、おつまみっていえば、何だっておつまみになるしね。

——では、もっと根本的なところから、食べるとは何であり、飲むとは何でしょう?

澁澤　そうねえ、飲まない民族はないでしょう。エスキモー以外はね。でも、エスキモーが飲むことを覚えると、飲みやめられなくなって、体をこわしてしまうんだってね。だから飲むことは人間にとっていちばん自然なことなんでしょうね。食べることと飲むこととの違いについていえば、即物的に、歯を使うか使わないかということもできるんじゃないかな。食べるときはどうしても歯を使うでしょう。しかし、飲むときは使わない。もっとも、歯がまったくなくなって酒を飲んでも、うまくないかもしれないけど、歯を使わなくても飲めますよね。ぼくなんかも、ほんとうにくたびれると、腹は減るけど食べたくなくなる。歯を使うのがめんどうくさいんだな。そうなると、もっぱら飲むだけですね。ほんとうは、これはよくないらしいですね。精神科の医者の話では、噛むのが面倒だから噛まないで飲みこむようになると、ノイローゼも相当進んだ状態だとか。

――噛むことから生きる愉しみが、生きる歓びが始まるんですね？

澁澤　だから、稲垣足穂さんみたいに、食べることはワイセツだという考えも出てくる。生存の必要性から食べるのはいい、しかし愉しみのため食べるなんてもってのほか、というわけだ。そこで、稲垣さんはもっぱら飲みつづけということになる。

――澁澤さんにおける飲むことと食べることは？

澁澤　何でも飲むし、何でも食べますよ。ビールでも、ウイスキーでも、ワインでも、日本酒でも。食べものも、特に好き嫌いはありませんね。

――どちらが主で、どちらが従ですか？

澁澤　そうねえ、ウイスキーの場合はべつに食べなくったっていいけど、ワインの場合は食べますね、完全に食事が主で、ワインが従でしょう。日本酒の場合は、のんべえだったら塩をちょいとつまんでは飲むなんてこともあるけど、懐石料理なんかのときは、やはり食事が主で、お酒が従じゃないですか。ワインに近い感覚じゃないかな。

――ビールの場合はどうでしょう?

澁澤　ビールはちょっと違うんじゃないかな。ウイスキーとも違うし、ワインとも違う。日本酒とももちろん違う。ビールは飲みたいとき、ガーッと飲む、それがビールじゃないのかな。さあ、打ちあげだ、ごくろうさん、なんていうとき、やっぱりウイスキーでも、ワインでもなく、ビールでしょう。そこから考えても、ビールは健康な酒ですよ。だいたい、活動したあとのビールはうまいでしょう。寝くたびれて、突然起きあがってビールを飲むなんてことはまずないでしょう。だいいち、さまにならないしね。

――じゃ、おつまみは要らない?

澁澤　そんなことはありませんよ。そらまめとか、枝豆とかにひかれて、ビールが飲みたくなるってことは、ありますよ。そうそう、そらまめといえば、こんなことがあった。イタリーなんかで、そらまめをなまで食べて、ワインを飲むんです。日本人のぼくらから考えると、どうしてこんなうまいものをうでて食べないのかな、と思うけど、向うじゃ、うでるということを考えつかないんだな。

——澁澤さんごじしんのお好きなおつまみは？

澁澤　春先になると、家の前につくしがめったやたらに出て来るので、これをとってちょっと油いためして食べます。頭がまだ固くて、青い粉がいっぱい詰まってるやつ、これがうまいですね。つくだ煮にしてもいいし、つくしごはんにするのもいいですね。

——で、味はどうでした？

澁澤　それが、ちょっと苦くて、なかなか悪くないんだよ。口の中が苦くなるから、またワイン飲むでしょ。イタリーなんか、そらまめはいくらでも穫れるしね。

——ビールには？

澁澤　やっぱり、そらまめがいいねえ。若いそらまめのうまさといったら、ちょっと類がないでしょう。だが、そのうまさの季節の短いこと。ちょっと時季をすぎると、爪のところがすぐ黒くなって。そらまめが出る季節になると、ついビールを飲みたくなりますよ。だいたい、ビールの場合は、それだけでお腹《なか》がある程度いっぱいになるから、そうごちそうは食えないよね。

——そのかわり、おつまみが？

澁澤　そう。たくさんあるねえ。ポテトチップでしょう。ウインナーでしょう。串カツ、シューマイでしょう。それから、干だら、さきいか、塩豆ね。昔はビールといえば、かならず塩豆でしたね。かつて日本が貧乏だったころね。それから、さきいか。

――くわいがお好きでしたね？

澁澤　くわいね。くわいはいいね。薄く切って、かりっと揚げるのがむずかしいんだな、あれは。でも、揚げて食べるのがいちばんいいんじゃないの。煮てそんなにたくさん食えるといったものでもない。たくさん食べると精力がなくなるなんて言うけど、どだいそんなに食べられるもんじゃありませんよ。

――ほかには？

澁澤　からすみなんか好きですよ。それから、一般的だけど、サラミね。からすみなんか、完全におつまみのためにできたんじゃないかな。それから、このこ。それからまた、金沢へんにきくちこというのがあるでしょう。あれもうまいよね。こう考えてくると、やや乾いたものね。ビールで口をしめらせるから、乾いたものがほしくなるのかな。ときには、おせんべみたいにからからに乾いたものがほしくなりますね。それからやや味つけの辛いもののほうがいい……でも、あまり塩辛いものはどうも。しかし、人によっては、塩辛とかこのわたとか、ほんとうに塩辛いものが好きな人がありますね。要するに、つまめばおつまみ、おつまみにならないものは何もない、ということでしょう。

――ふたたび、ビールに戻って？

澁澤　ビール？　ビールはとにかく健康ですよ。健康でない酒なんてないけどね。酒飲みで睡眠薬使う人少ないし、胃潰瘍にならないし、ストレス解消にいちばんいいのは、酒だね。でも、中でもとりわけビールは健康的だね。

——日本のビールと外国のビールと飲みくらべて？

澁澤　外国のビールはいろいろのメーカーがあって、ビールじしんにもいろいろのタイプがあって、病人用とかね。でも、日本のビールはうまいんじゃないかな。味が日本人的なのかな。

——どんな飲みかたですか？

澁澤　ビールならぼくは徹底的に飲みますよ。ワインみたいにちびちび飲んでも、うまくないしね。やはり、風呂上りとか、体を動かしたあととかがうまいんじゃないの。満員電車でぎゅう詰めにされたあとなんかも、うまいでしょうね。ぼくはあまり経験ないけど。一口できゅうと飲んだときの爽快感ね。あれはやっぱり、舌と口とノドとでいちどきに味わうんだね、ビールの味というのは。

——それでは、結論として、もういちどおつまみとは？

澁澤　飲んで、つまめば、何でもおつまみになるということでしょう。まあ、その季節に合ったもの、自分に合ったものをつまむのが、いいんじゃないですか。人からどう見えるということでなく、自分なりのぜいたくをすれば、いいんじゃないですか。

要するに、右《う》顧《こ》左《さ》眄《べん》せず、勝手にやればいいんですよ。ビールなら、ビールを愉しみ、おつまみを愉しむ。それでいいんじゃないでしょうか。何の酒だって同じだけど、ビールには特に言えますね。

澁澤龍彦

著者略歴

◎わが身辺に低廉の佳肴あり『わが百味真髄』中公文庫より

檀一雄　だんかずお

一九一二年、山梨生まれ。小説家、随筆家。『真説石川五右衛門』で直木賞、『火宅の人』で読売文学賞、日本文学大賞受賞。その他おもな著作に『リツ子・その愛』『夕日と拳銃』など。一九七六年没。

◎おつまみ（アーティショーその他）『ヨーロッパ退屈日記』新潮文庫より

伊丹十三　いたみじゅうぞう

一九三三年、京都生まれ。映画監督、俳優、エッセイスト、テレビマン、CM作家、商業デザイナー。脚本・監督作品に「お葬式」「タンポポ」「マルサの女」など。おもな著作に『女たちよ！』『日本世間嘶大系』など。一九九七年没。

◎三分おつまみ帳『かぼちゃを塩で煮る』幻冬舎文庫より

牧野伊三夫　まきのいさお

一九六四年、福岡生まれ。画家。同人誌『四月と十月』主宰。情報誌『雲のうえ』（北九州市発行）編集委員。おもな著作に『僕は、太陽をのむ』『画家のむだ歩き』、画集に『椰子の木とウィスキー、郷愁』など。

◎ポテト・フライ『池波正太郎自選随筆集 上巻』朝日新聞社より

池波正太郎　いけなみしょうたろう

一九二三年、東京生まれ。小説家、劇作家。『錯乱』で直木賞、『池波正太郎作品集』で吉川英治文学賞受賞。おもな著作に『鬼平犯科帳』『剣客商売』『仕掛人・藤枝梅安』『食卓の情景』など。一九九〇年没。

◎燗酒と自分で作る小さな酒の肴『君のいない食卓』新潮社より

川本三郎　かわもとさぶろう

一九四四年、東京生まれ。評論家、エッセイスト。『荷風と東京「断腸亭日乗」私註』で読売文学賞、『林芙美子の昭和』で毎日出版文化賞受賞。その他おもな著作に『マイ・バック・ページ　ある60年代の物語』『大正幻影』『いまも、君を想う』など。

◎ちょっと一杯『酒呑みに献げる本』光文社文庫より

山田風太郎　やまだふうたろう

一九二二年、兵庫生まれ。小説家。「眼中の悪魔」などで探偵作家クラブ賞（短編賞）、日本ミステリー文学大賞受賞。おもな著作に『伊賀忍法帖』『柳生忍法帖』『魔界転生』『人間臨終図巻』など。二〇〇一年没。

◎思い出し肴『残るは食欲』新潮文庫より

阿川佐和子　あがわさわこ

一九五三年、東京生まれ。小説家、エッセイスト。檀ふみ氏との共著『ああ言えばこう食う』で講談社エッセイ賞、『ウメ子』で坪田譲治文学賞受賞。その他おもな著作に『婚約のあとで』『聞く力』など。

◎久保万先生と酒肴『文士の食卓』中公文庫より

福田蘭童　ふくだらんどう

一九〇五年、茨城生まれ。音楽家、随筆家。おもな著作に『蘭堂捕物帳』『わが釣魚伝』『志賀先生の台所』など。一九七六年没。

◎父『酒のさかな』ちくま文庫より

高橋みどり　たかはしみどり

一九五七年、群馬生まれ、東京育ち。フードスタイリスト。多くの本のフードスタイリングを手がける。おもな著作に『くいしんぼう』『伝言レシピ』『おいしい時間』など。

◎東京の下町、居酒屋はしご酒（抄）『酒道入門』角川新書より

島田雅彦　しまだまさひこ

一九六一年、東京生まれ。小説家。『夢遊王国のための音楽』で野間文芸新人賞、『彼岸先生』で泉鏡花文学賞、『退廃姉妹』で伊藤整文学賞、『カオスの娘』で芸術選奨文部科学大臣賞受賞。その他おもな著作に『優しいサヨクのための嬉遊曲』など。

◎丈夫なからだで「吉呑み」『シウマイの丸かじり』文春文庫より

東海林さだお　しょうじさだお

一九三七年、東京生まれ。漫画家、エッセイスト。

『タンマ君』『新漫画文学全集』で文藝春秋漫画賞、『ブタの丸かじり』で講談社エッセイ賞受賞。おもな著作に食エッセイ「丸かじりシリーズ」、漫画作品に『サラリーマン専科』『アサッテ君』など。

◎会津をめぐる伝統の酒肴（抄）『味な旅 舌の旅』中公文庫より

宇能鴻一郎　うのこういちろう

一九三四年、北海道生まれ。小説家。純文学作品『鯨神』で芥川賞受賞。官能小説の世界で一世を風靡。嵯峨島昭名義で『軽井沢夫人』などの推理小説執筆。

◎チーカマ放浪記『好物漫遊記』ちくま文庫より

種村季弘　たねむらすえひろ

一九三三年、東京生まれ。ドイツ文学者、評論家。『ビンゲンのヒルデガルトの世界』で芸術選奨文部大臣賞、斎藤緑雨賞受賞。著作集『種村季弘のネオ・ラビリントス』で泉鏡花文学賞受賞。その他おもな著作に『怪物のユートピア』『ザッヘル＝マゾッホの世界』など。二〇〇四年没。

◎寄席がハネたら行きたい店『東京人』二〇〇一年十一月号より

柳家小満ん（三代目）　やなぎやこまん

一九四二年、神奈川生まれ。落語家。一九六一年、八代目桂文楽に入門し、桂小勇を名乗る。一九七五年、真打昇進で三代目柳家小満ん襲名。おもな著作に『べけんや　わが師、桂文楽』『江戸東京落語散歩　噺の細道を歩く』など。

◎寄り合い酒にはナスの古漬け『ひとりガサゴソ飲む夜は……』角川文庫より

椎名誠　しいなまこと

一九四四年、東京生まれ。小説家、映画監督、写真家。『犬の系譜』で吉川英治文学新人賞、『アド・バード』で日本SF大賞受賞。おもな著作に『岳物語』『ぼくがいま、死について思うこと』など。

◎酒と肴のこと『夜の一ぱい』中公文庫より

田辺聖子　たなべせいこ

一九二八年、大阪生まれ。小説家。『感傷旅行（センチメンタル・ジャーニー）』で芥川賞、『ひねくれ一茶』で吉川英治文学賞、『道頓堀の雨に別れて以来なり―川柳作家・岸本水府とその時代』で泉鏡花賞、読売文学賞受賞。その他おもな著作に『姥ざかり』『ジョゼと虎と魚たち』など。二〇一九年没。

◎九州@東京『旅ドロップ』小学館より

江國香織　えくにかおり

一九六四年、東京生まれ。小説家、翻訳家、詩人。『泳ぐのに、安全でも適切でもありません』で山本周五郎賞、『号泣する準備はできていた』で直木賞受賞。その他おもな著作に『落下する夕方』『神様のボート』『間宮兄弟』など。

◎あくなき執念の味『カモイクッキング』ちくま文庫より

鴨居羊子　かもいようこ

一九二五年、大阪生まれ。下着デザイナー、エッセイスト。おもな著作に『わたしは驢馬に乗って下着をうりにゆきたい』『わたしのものよ』など。一九九一年没。

◎酒、肴、酒『酒 肴 酒』光文社文庫より

吉田健一　よしだけんいち

一九一二年、東京生まれ。英文学者、批評家、随筆家。『シェイクスピア』で読売文学賞、『日本について』で新潮社文学賞、『ヨオロッパの世紀末』で野間文芸賞受賞。その他おもな著作に『甘酸っぱい味』『英国の近代文学』など。一九七七年没。

◎蜻蛉返り『垢石傑作選集 遊楽篇』日本出版協同より

佐藤垢石　さとうこうせき

一八八八年、群馬生まれ。随筆家。雑誌『つり人』の初代編集人。おもな著作に『随筆たぬき汁』『釣随筆』など。一九五六年没。

◎干物と酒—さまざまな干物と酒の取り合わせを考える『男の酒と肴とウンチク学』廣済堂出版より

古谷三敏　ふるやみつとし

一九三六年、旧満州生まれ。漫画家。おもな漫画作品に『ダメおやじ』『ＢＡＲレモン・ハート』『ぐうたらママ』など。

◎おからでシャムパン『内田百閒集成12 爆撃調査団』ちくま文庫より

内田百閒　うちだひゃっけん

一八八九年、岡山生まれ。小説家、随筆家。おもな著作に『冥途』『東京日記』などの小説のほか、『百鬼園随筆』『阿房列車』『ノラや』などの随筆も多数。一九七一年没。

◎シウマイ弁当de缶ビール『ひとり飲み飯 肴かな』ニチブン文庫より

久住昌之　くすみまさゆき

一九五八年、東京生まれ。漫画家、漫画原作者、エッセイスト。おもな漫画原作に『かっこいいスキヤキ』（泉昌之名義）『孤独のグルメ』など。その他おもな著作に『小説中華そば「江ぐち」』『食い意地クン』など。

◎アジのヒメノ式―上戸と下戸のあいだに流れる深い川『何が「いただく」ぢゃ！』プレジデント社より

姫野カオルコ　ひめのかおるこ

一九五八年、滋賀生まれ。小説家。『昭和の犬』で直木賞、『彼女は頭が悪いから』で柴田錬三郎賞受賞。その他おもな著作に『ツ、イ、ラ、ク』『謎の毒親』など。

◎教え子の焼酎　ホタテ、エビ……串焼き肴に『小泉武夫の味覚極楽舌ったけ』東京堂出版より

小泉武夫　こいずみたけお

一九四三年、福島生まれ。農学者、小説家、エッセイスト。おもな著作に「食あれば楽あり」シリーズのほか『くさいはうまい』『いのちをはぐくむ農と食』『夕焼け小焼けで陽が昇る』など。

◎酒のさかな『狐狸庵食道楽』河出文庫より

遠藤周作　えんどうしゅうさく

一九二三年、東京生まれ。小説家、評論家。『白い人』で芥川賞、『海と毒薬』で新潮社文学賞、毎日出版文化賞、『沈黙』で谷崎潤一郎賞受賞。その他おもな作品に『イエスの生涯』『男の一生』など。一九九六年没。

◎どぜう『私の食べ歩き』中公文庫より

獅子文六　ししぶんろく

一八九三年、神奈川生まれ。小説家、演出家。『海軍』で朝日文化賞受賞。その他おもな著作に『てんやわんや』『娘と私』『バナナ』『コーヒーと恋愛』（『可否道』改題）など。一九六九年没。

◎イカとビールとふぐ『蟹の縦ばい』中公文庫より

吉村昭　よしむらあきら

一九二七年、東京生まれ。小説家、ノンフィクション作家。『星への旅』で太宰治賞、『ふぉん・しぃほるとの娘』で吉川英治文学賞受賞。その他おもな著作に『戦艦武蔵』『関東大震災』『ポーツマスの旗』『桜田門外ノ変』など。二〇〇六年没。

◎塩豆とビール『あじフライを有楽町で』文春文庫より

平松洋子　ひらまつようこ

一九五八年、岡山生まれ。エッセイスト。『買えない味』でＢｕｎｋａｍｕｒａドゥマゴ文学賞、『野蛮な読書』で講談社エッセイ賞受賞。その他おもな著作に『おいしい日常』『サンドウィッチは銀座で』『そばですよ』など。

◎葱『贋食物誌』中公文庫より

吉行淳之介　よしゆきじゅんのすけ

一九二四年、岡山生まれ。小説家。『驟雨』で芥川賞、『暗室』で谷崎潤一郎賞、『鞄の中身』で読売文学賞受賞。その他おもな著作に『夕暮まで』など。一九九四年没。

◎みんでんなす『ごくらくちんみ』新潮文庫より

杉浦日向子　すぎうらひなこ

一九五八年、東京生まれ。漫画家、江戸風俗研究家、エッセイスト。おもな著作に『江戸へようこそ』『百日紅』『YASUJI東京』『花のお江戸の若旦那』など。二〇〇五年没。

◎突然出会う『よなかの散歩』新潮文庫より

角田光代　かくたみつよ

一九六七年、神奈川生まれ。小説家。『まどろむ夜のUFO』で野間文芸新人賞、『空中庭園』で婦人公論文芸賞、『対岸の彼女』で直木賞、『八日目の蟬』で中央公論文芸賞受賞。その他おもな著作に『かなたの子』など。

◎海鼠『料理歳時記』中公文庫より

辰巳浜子　たつみはまこ

一九〇四年、東京生まれ。料理研究家、エッセイスト。おもな著作に『手しおにかけた私の料理』『娘につたえる私の味』など。一九七七年没。

◎貝鍋の歌『中谷宇吉郎随筆集』岩波文庫より

中谷宇吉郎　なかやうきちろう

一九〇〇年、石川生まれ。物理学者、随筆家。世界初の人工雪の製作に成功したことで知られる。おもな著作に『雪』『雪雑記』『中谷宇吉郎集』など。一九六二年没。

◎最も日本的なもの『腹を抱へる　丸谷才一エッセイ傑作選1』文春文庫より

丸谷才一　まるやさいいち

一九二五年、山形生まれ。小説家、文芸評論家、随筆家。『年の残り』で芥川賞、『輝く日の宮』で泉鏡花文学賞、ジェイムズ・ジョイス著『若い藝術家の肖像』改訳で読売文学賞受賞。その他おもな著作に『たった一人の反乱』『忠臣蔵とは何か』『樹影譚』など。二〇一二年没。

◎おつまみ作法『澁澤龍彥全集　別巻2』河出書房新社より

澁澤龍彥　しぶさわたつひこ

一九二八年、東京生まれ。フランス文学者、小説家。『唐草物語』で泉鏡花文学賞、『高丘親王航海記』で読売文学賞受賞。おもな訳書にマルキ・ド・サド『悪徳の栄え』、編著作に『エロティシズム』『血と薔薇』など。一九八七年没。

◉編集部より

本書は、著者による改稿とルビを除き、底本に忠実に収録しております。収録作品のなかには、一部に今日の社会的規範に照らせば差別的表現あるいは差別的表現ととらえられかねない箇所が見られますが、作品全体として差別を助長するようなものではないこと、著者が故人であるため改稿ができないことから、原文のままとしました。

おいしい文藝《ぶんげい》

ちょこっと、つまみ

二〇二〇年三月二〇日　初版印刷
二〇二〇年三月三〇日　初版発行

著　者
阿川《あがわ》佐和子《さわこ》、池波《いけなみ》正太郎《しょうたろう》、伊丹《いたみ》十三《じゅうぞう》、内田《うちだ》百閒《ひゃっけん》、
宇能《うの》鴻一郎《こういちろう》、江國《えくに》香織《かおり》、遠藤《えんどう》周作《しゅうさく》、角田《かくた》光代《みつよ》、
鴨居《かもい》羊子《ようこ》、川本《かわもと》三郎《さぶろう》、久住《くすみ》昌之《まさゆき》、小泉《こいずみ》武夫《たけお》、
佐藤《さとう》垢石《こうせき》、椎名《しいな》誠《まこと》、獅子《しし》文六《ぶんろく》、澁澤《しぶさわ》龍彦《たつひこ》、島田《しまだ》雅彦《まさひこ》、
東海林《しょうじ》さだお、杉浦《すぎうら》日向子《ひなこ》、高橋《たかはし》みどり、
辰巳《たつみ》浜子《はまこ》、田辺《たなべ》聖子《せいこ》、種村《たねむら》季弘《すえひろ》、檀《だん》一雄《かずお》、
中谷《なかや》宇吉郎《うきちろう》、姫野《ひめの》カオルコ、平松《ひらまつ》洋子《ようこ》、福田《ふくだ》蘭童《らんどう》、
古谷《ふるや》三敏《みつとし》、牧野《まきの》伊三夫《いさお》、丸谷《まるや》才一《さいいち》、柳家《やなぎや》小満《こま》ん、
山田《やまだ》風太郎《ふうたろう》、吉田《よしだ》健一《けんいち》、吉村《よしむら》昭《あきら》、吉行《よしゆき》淳之介《じゅんのすけ》

編　者　杉田淳子、武藤正人（go passion）
発行者　小野寺優
発行所　株式会社河出書房新社
〒一五一-〇〇五一
東京都渋谷区千駄ヶ谷二-三二-二
〇三-三四〇四-一二〇一［営　業］
〇三-三四〇四-八六一一［編　集］
http://www.kawade.co.jp/

組　版　株式会社創都
印　刷　株式会社暁印刷
製　本　加藤製本株式会社

ISBN 978-4-309-02864-4　Printed in Japan